KB114082

시크릿
메즈

시크릿 메즈 3

가프 장편 소설

초판 1쇄 찍은 날 § 2016년 9월 20일
초판 1쇄 펴낸 날 § 2016년 9월 27일

지은이 § 가프
펴낸이 § 서경석

편집책임 § 조현우

펴낸곳 § 도서출판 청어람
등록번호 § 제387-1999-000006호
등록일자 § 1999. 5. 31
어람번호 § 제1-2526호

주소 § 경기도 부천시 원미구 부일로 483번길 40 서경B/D 3F (우) 14640
전화 § 032-656-4452 팩스 § 032-656-4453
http://www.chungeoram.com
E-mail § chungeorambook@daum.net

ⓒ 가프, 2016

ISBN 979-11-04-90974-0 04810
ISBN 979-11-04-90929-0 (세트)

FUSION FANTASTIC STORY
가프 장편소설

3

시크릿 메즈
SECRET MEZ

도서출판 청어람

시크릿 메즈
SECRET
MEZ

CONTENTS

제1장
넘보지 마라

송무학의 오피스텔에 도착한 강토는 이성표의 협력자들에게서 상황을 인계받았다.

"이규리는요?"

강토가 물었다. 두 사람은 인부 차림이었다.

"아직 안에 있습니다."

"차를 타고 왔나요?"

"예, 은색 세단을……."

대답을 들으며 시계를 보았다. 오후 1시 5분 전. 이제 남은 시간은 한 시간. 2시까지 입찰장으로 돌아가려면 그리 여유로운 시간은 아니었다.

"두 분 말이죠……."

강토는 두 사람에게 마지막 미션을 주었다. 해킹의 우려가 있으니 이제부터 핸드폰을 쓰면 안 된다는 말과 함께.

두 협력자는 12층에서 내렸다. 손에는 페인트 통이 들려 있었다. 12층은 이미 도색이 끝난 상황. 하지만 상황이란 만들면 되는 것이다. 강토는 그 뒤를 따랐다. 강토 역시 인부 차림이었다.

덜그렁!

1224호 앞에 도착한 협력자는 하필이면 그 앞에서 페인트 통을 놓쳤다. 통 안에 든 건 시너였다. 많은 양은 아니었다. 1224호 문 안으로 살짝 흘러들어간 시너는 독취를 뿜어냈다.

"저기요, 저기요!"

또 다른 협력자가 1224호의 문을 두드려댔다.

"누구세… 어머, 냄새!"

목소리의 주인공은 정가윤이었다. 문으로 나오던 그녀가 코를 잡으며 자지러지는 소리를 냈다.

"비켜봐. 이거 시너 냄새 아니야?"

뒤에서 송무학의 목소리가 새어나왔다. 송무학이 문을 열었다. 그는 핏대를 올리며 협력자들을 닦아세웠다.

"당신들 뭐야? 이거 시너 아니야?"

"죄송합니다. 보충 작업 중에 바닥이 미끄러워서 그만 쏟았⋯⋯."

"죄송? 이 사람들아. 지금 여기 불바다 만들 일 있어?"

"닦아드리겠습니다."

협력자들은 헝겊을 꺼내 시너를 빨아들이기 시작했다. 그 사이에 강토의 매직 뉴런은 송무학의 대뇌피질을 향해 거칠게 폭주해 들어갔다.

'블루 라이프 종가!'

급한 마음에 돌아볼 것도 없었다. 안에는 이규리가 있을 일. 혹시라도 방해가 되기 전에 끝낼 생각이었다. 명령을 받은 뉴런들이 바삐 시냅스 줄기를 뻗었다. 이온은 뭉실뭉실 홍수를 이루며 송무학의 시냅스를 유혹하느라 바빴다.

안개!

송무학의 뇌 안에 안개처럼 서렸던 이규리 최면술의 흔적인 안개. 안개의 잔흔은 여전히 보였다. 다만 처음보다는 농도가 흐렸다.

'세팅인가?'

어쩌면 이규리, 이 안개 같은 물질의 농도로 최면술을 세팅한 것 같았다. 짐작이 맞다면 이 안개가 사라지면 송무학은 미혹에서 깨어난다. 전후 사안과 농도로 미루어볼 때 유효 시간은 오늘 오후 3시경이 될 것 같았다.

마음이 급해졌다.

대뇌피질 비밀의 서랍이 곧 강토 코앞에 나타났다.

'오픈!'

강토는 뉴런들을 다그쳤다. 비밀의 서랍은… 열리지 않았다. 매직 뉴런들은 서랍에 달라붙었지만 송무학의 비밀을 관장하는 뉴런들이 이상 반응을 보였다. 매직 뉴런과 접속하면 스파인, 즉 가시를 접어버리는 것이다.

'다시!'

당연히 한 번 더 밀어붙였다. 이번에는 부드러운 구애였다.

"……!"

결과는 더 심각하게 나왔다. 다시 자극을 하자 어이없게 송무학의 뉴런들이 대미지를 입으며 곤두박질쳤다. 뭔가 간섭 물질이 있는 모양이었다.

'이규리!'

강토는 본능적으로 직감했다. 그 여자였다. 그 여자의 최면술이었다. 먼저 걸린 최면이 뇌세포를 시켜 저항하게 만드는 것이다.

"어머, 냄새!"

그때 이규리 목소리가 가까워졌다. 그녀는 코를 막은 채 송무학 옆에 나란히 섰다.

"갈게요. 부탁해요!"

이규리는 송무학에게 손을 들어 보이고 복도로 나왔다. 고개를 숙인 강토는 그녀와 눈을 마주칠 사이도 없었다.

'일단은 송무학부터!'

따라가지 않았다. 우선순위는 송무학. 강토는 이규리가 갈 곳을 알고 있었다. 그녀 역시 이철승과 함께 입찰장에 참가할 게 틀림없었다.

"뭐해요? 빨리 닦지 않고. 어휴, 코피 터지겠네."

이번에는 정가윤의 짜증이 작렬했다. 협력자 하나가 바닥을 닦으며 강토를 돌아보았다. 됐나요? 그렇게 묻는 눈빛이었다. 돌아보니 이규리는 사라지고 없었다.

'다시 한 번!'

정신을 모아 매직 뉴런을 한 줄로 세웠다.

홍홍!

뉴런들은 강토의 마음처럼 전의를 불태우며 날아갔다. 처음부터 다시였다. 이번에는 변연계부터 뒤졌다. 오래된 기억이 아니니 해마가 타깃이었다. 그러나 그곳도 결과는 같았다. 매직 뉴런과 연결되는 시냅스의 스파인들은 대미지를 입으며 몸서리를 쳐댔다. 비밀의 정보는 넘어오지 않았다. 머리가 아찔해 왔다.

제압을 하려 한다면 오히려 간단할 일이었다. 방향을 바꿔 뇌간이라도 압박하면 끝날 일이었다. 그렇게 되면 송무학은 잠시 다운이다. 하지만 그 또한 안 될 일이었다. 강토에게 필요한 건 다운이 아니라 송무학의 머리에 든 종가였다.

어쩐다?

고민하던 강토, 오피스텔 안이 궁금해졌다. 안으로 엿보이는 수많은 컴퓨터들. 어쩌면 거기서 단서를 얻을 수 있을 지도 몰랐다.

'돌아간다!'

강토는 전략을 바꾸기로 했다.

"다 됐습니다. 죄송합니다."

시너 흡수를 마친 협력자들이 공손히 인사를 마치고 일어섰다.

"조심해. 큰일 날 뻔했잖아?"

목에 힘을 주는 송무학에게 강토는 한 번 더 공세를 퍼부었다. 아까 생각하던 뇌간의 압박이었다. 빛의 속도로 날아간 뉴런들이 뇌의 가장 아래쪽으로 이동했다. 그곳에서 뇌간을 강하게 압박해 버렸다.

"어어!"

충격을 받은 송무학이 휘청거렸다.

"오빠!"

놀란 정가윤이 소리쳤다.

"도와드릴까요?"

강토, 정가윤을 돕는 척 송무학을 부축해 세웠다. 송무학은 아래로, 아래로 늘어졌다. 그를 부축해 침대로 옮겼다. 동시에 시선은 바삐 실내를 더듬었다.

컴퓨터들이 미친 듯이 돌아가고 있었다. 10여 대의 컴퓨터는 온통 증권거래 프로그램이었다. 책상 가장 가까운 컴퓨터에서는 메신저들이 쏟아져 들어오고 있었다. 송무학이 이끄는 주포 세력단. 결국, 강토는 책상 위에서 중요한 메모 하나를 발견해냈다.

〈9,500〉

붉은 사인펜으로 큼지막하게 써 붙인 메모. 그 위로는 가위표로 지운 9,200이 보였다. 9,200은 오늘 블루 라이프가 하한가를 맞아야 나오는 금액. 그러니까 9,500은 하한가 직전의 종가…….

'돌다리도 두드려 봐야겠지?'

강토는 무방비의 정가윤에게도 시크릿 메즈를 날렸다. 정가윤은 쉬웠다. 마치 강토의 매직 뉴런을 기다리기라도 한 듯 단기 기억을 열어주었다.

9,500!

같은 숫자가 나왔다. 정가윤의 시냅스는 돌기가 좋지 않은 편. 며칠이 지난 일이라면 잊었겠지만 방금 일어난 일이기에 저장이 된 것이다.

오케이!

교차 체크를 함으로써 확인은 끝났다. 9,500은 이규리가 송무학에게 남기고 간 확정 오더가 틀림없었다.

"어머, 큰일 났네. 우리 오빠 할 일 많은데……."

119라도 부르려는 걸까? 정가윤이 핸드폰을 꺼낼 때 강토는 송무학에게 가한 압박을 슬며시 풀어주었다.

"으음……."

송무학이 머리를 흔들며 깨어났다. 강토는 정가윤에게 꾸벅 인사를 하고는 방을 나와 버렸다.

"오빠, 괜찮아? 놀랐잖아?"

"야야, 가서 물이나 좀 가져오고… 비켜 봐라. 본격적인 작업에 들어갈 시간이야."

안에서 두 사람의 목소리가 들려 나왔다. 강토의 전략 변경은 성공이었다.

'9,500.'

강토는 숫자를 기억하며 복도를 걸었다.

"됐습니까?"

코너에 있던 협력자들이 물었다. 훌쩍 달아오른 목소리. 시간이 촉박하다는 의미였다.

"예! 그럼 저 먼저……."

강토는 서둘렀다. 남은 시간은 35분. 송무학과의 실랑이 때문에 시간을 너무 허비한 것이다.

"형!"

현관으로 나오자 덕규가 소리쳤다. 덕규 역시 초조하기는 마찬가지인 모양이었다.

"미안하지만 우리 딱지 몇 장 더 끊어야겠다."

강토는 바로 조수석 문을 열었다.

"걱정마. 애국하겠다는데 누가 말려."

바릉바릉!

굉음을 울린 덕규는 폭주 태세를 갖추었다.

빠앙빵!

덕규는 미친 듯이 달렸다. 오토바이 딸배로 단련된 운전 감각에 속도까지 겁날 것 없는 불타는 청춘. 게다가 강토의 지시까지 떨어졌으니 눈에 보이는 게 없었다.

미친 듯이 멀어지는 주변을 보며 강토는 잠시 생각에 잠겼다.

'도착하면…….'

두 경쟁자가 기다리고 있을 일이었다.

중국 팀과 해킹 팀!

다들 한 방이 있는 전문가 집단. 그 어느 한 팀도 무시할 수 없지만 두 팀이 가장 문제였다.

'일단 중국 팀······.'

이들은 9,500을 써넣을 공산이 컸다. 그러나 이규리라는 변수를 더해 고려해야 했다. 일찌감치 강무학에게 손을 쓴 그녀의 최면술. 세팅으로 유지 시간까지 계산하는 위엄. 그게 어떤 위력을 발휘할지 계산이 서지 않았다.

'그녀가 내 시크릿 메즈를 알 수 있을까?'

아직 정면으로 마주치지는 않은 두 사람. 강토는 머릿속에 황야의 대결을 그렸다. 막다른 골목에서 만나는 총잡이. 누가 먼저 방아쇠를 당기느냐에 목숨이 달려 있다. 그녀의 최면술은 익히 보던 것과는 다른 차원의 막강 위력. 혹시라도 강토에게 선공을 날린다면 낭패가 될 수 있었다.

해킹 팀은 9,200을 쓸 가능성이 높았다. 그들은 허허실실 전략으로 다른 경쟁자의 눈을 피하며 해킹으로 대비해왔다. 오늘 이전의 중국 팀 배팅액은 9,200원. 그 오더는 오늘 전격 바꾸었다. 그들도 해킹을 인지한 걸까? 그리하여 급선회를 한 걸까?

9,500!

9,200!

강토는 두 개의 숫자를 어루만졌다. 하지만 하나는 바로 내려놓았다. 9,200이었다. 그 숫자는 고려할 생각이 없었다. 강토의 복안. 무엇일까?

이성표는 입찰장 건물 앞에 있었다. 시계를 보았다. 강토가 오는 기색은 보이지 않았다. 아까부터 전화도 되지 않았다. 강토의 전화기가 꺼져 있는 것. 덕규의 것도 그랬다.

"아직 어린 나이니 포기하는 거 아닐까요?"

옆에 있던 팀원이 조심스레 말했다. 이성표의 전략 수행을 내외곽에서 망라하던 팀원이었다.

"그럴 리 없어."

이성표는 고개를 저었다. 그는 강토를 알고 있었다. 나이는 물론 어렸다. 하지만 일은 나이로 하는 것이 아니다. 더구나 그는 그 압박 만땅인 청와대의 오더도 해결한 사람이었다.

"하지만 연락이 되지 않으니……."

"오피스텔 파견 팀은?"

"그들도 연락이 안 되고 있습니다."

"……"

"혹시 당한 건 아닐까요?"

"당해?"

"저들이 이 실장이 우리 히든카드라는 걸 눈치채고……."

팀원은 다른 곳을 바라보았다. 경쟁 팀들은 이미 입실할 채비를 갖춘 후였다. 이성표의 시선도 그쪽으로 향했다. 중국 팀이다. 이철승 쪽에 포진한 여자가 보였다. 이규리였다.

"D팀 말입니다. 시들시들하더니 오늘은 역동적으로 보입니다. 뭔가 꿍꿍이가 있었던 걸까요?"

팀원은 D팀에 신경이 쓰였다.

"그렇군."

이성표도 공감했다. 큰 가능성을 두지 않았던 팀이었다. 그런데 이 순간만의 분위기만 본다면 그들이 최강의 경쟁자처럼 보였다.

"입실 5분 전입니다. 입실하세요!"

회사 측 안내원이 입실을 종용하기 시작했다.

"입실 정원은 예고한 대로 팀 당 두 명입니다."

두 명.

응찰 팀들은 잠깐의 회의를 거쳐 멤버를 결정했다. 그런 다음 하나 둘 안으로 들어갔다.

"팀장님… 결정을……."

팀원이 재촉하자 이성표는 다시 전화를 꺼내들었다.

이강토의 증발!

자발적일 리는 없다. 그는 목적이 뚜렷했다. 자기 아버지에게 절름발이 얼굴 마담 경영권이 아니라 실질적인 경영권을 주고 싶어 자청한 일. 사실, 이성표는 그게 마음에 들었었다. 아버지를 위하는 아들. 그 바른 인성. 이런 부류의 인간들은 기본이 되어 있다. 동업자로써의 미덕을 갖추었다는 뜻이었다.

그런 이강토였다. 그런 이강토가 기권할 리는 없었다. 물론, 걱정이 없는 건 아니었다. 독심술을 뛰어나지만 그 독심술은 한계가 있었다. 모든 사람의 머리를 읽는 게 아니라 뇌파가 동화되는 상대만 파악한다는 거. 강토의 말을 기억하는 이성표는 그게 마음에 걸렸다.

'제발……'

신호조차 가지 않는 전화에 간절함을 전했다.

"입실하세요. 입실하지 않으면 포기로 간주합니다."

다른 팀들이 입실을 마치자 직원이 재촉을 해왔다.

"팀장님……"

"하는 수 없지. 자네가 함께 들어가는 수밖에."

이성표는 전화를 거두었다. 여기까지 와서 포기할 수는 없는 일이었다.

"들어가시죠."

입구에서 직원이 문을 가리켰다. 문 옆에는 두 명의 남자 직원이 포진 중이다. 이성표와 팀원이 들어가면 문이 잠기는 것이다. 그 문에 한 발을 들여놓은 이성표가 뒤를 돌아보았다.

이강토!

짧지만 강렬했던 청년의 기억. 그는 짐작하지 못했다. 이 입찰장에 강토 없이 들어가게 되리라고는. 더구나 강토는 중국 팀과 D팀을 마지막으로 체크한 몸. 그쪽에서 변수가 생긴 거라면 한 눈을 가린 꼴이 되는 것이다.

"들어가세요. 문 닫습니다."

재촉과 함께 남은 한 발을 옮기려던 이성표, 어깨 너머에서 울려오는 굉음에 고개를 돌렸다.

'이강토?'

이성표의 눈이 무한 확장하고 있었다. 저만치 폭주해 오는 승용차 한 대. 눈에 익었다. 강토의 차가 분명했다.

'왔군!'

이성표의 입가에 미소가 피어올랐다.

끼아악!

차는 단숨에 날아와 거친 브레이크를 밟으며 정지했다. 타이어에서 풀썩 일어난 하얀 연기가 가시기도 전에 반가운 얼굴이 뛰어내렸다. 강토였다.

"이 실장!"

"팀장님!"

둘은 문의 경계에서 만났다. 2시 정각에서 10초 전이었다.

*　　　*　　　*

"애간장 다 타버렸네."

복도를 걸으며 이성표가 말했다. 멤버는 팀원에서 강토로 바뀌어 있었다.

"부득이한 사정이 있었습니다."

"자의는 아니었다는 말이군."

"예."

"중국 팀?"

"D팀도 비슷합니다."

"D팀?"

이성표가 돌아보았다. 그렇잖아도 그들 분위기에 마음이 쓰이던 차였다.

"둘 다 굉장한 음모를 꾸미고 있습니다."

"그랬군. 어쩐지 분위기가 확 변했다 했어."

이성표의 표정이 심각해졌다.

"서두르세요, 마감합니다!"

본 입찰장 앞에서 블루 라이프 직원들이 재촉을 해왔다.

"제가 신호를 주면 바로 끝장을 내세요."

"중국 팀?"

"아니, D팀입니다."

"중국 팀이 아니고?"

"거긴 낙찰되게 하셔야죠."

강토가 빙그레 웃었다.

"중국 팀 입찰 예정액은?"

"제 입술 보세요."

이성표를 바라본 강토는 숫자 하나하나를 입술 모양으로 그려주었다. 주변에 입찰 진행 요원들이 쫙 깔렸기 때문이었다.

―구.

―오.

―빵.

―빵.

'9,500?'

이성표가 되묻자 강토는 고개를 끄덕거렸다. 두 사람은 본 입찰장 안으로 들어섰다. 그러자 육중한 출입문이 느리게 닫혔다.

총 일곱 팀!

각기 둘씩 짝을 지었으니 열네 명이 테이블에 포진을 했다. 테이블의 배치는 자연스러웠다. 다닥다닥 붙인 게 아니라 팀별로 충분한 거리를 둔 것이다.

"안녕하세요?"

입찰 진행자가 나왔다. 그를 도울 직원도 몇 입장을 했다. 응찰자들은 일동 진행자 쪽으로 시선을 돌렸다.

"간단하게 진행 과정 소개합니다. 우선 여러분의 핸드폰부터 회수합니다. 원활한 진행을 위해 그러는 것이니 협조 바랍니다."

진행자의 말이 끝나기 무섭게 직원들이 테이블을 돌았다.

"노파심에 드리는 말씀입니다만 혹시 전화를 제출하지 않고 있다가 확인되면 그 팀은 무조건 자격 박탈과 퇴장입니다."

진행자는 한 번 더 못을 박았다. 이성표와 강토는 순순히 핸드폰을 건네주었다.

"협조 감사합니다. 그럼 지금부터 입찰 서류를 작성해 주시기 바랍니다. 양식은 예비 등록 때 보여드린 그대로입니다. 마감은 예고한 대로 2시 30분입니다. 시계는 저기 벽시계의 시간으로 통일합니다."

진행자가 회의실 뒤편을 가리켰다. 거기 초침까지 달린 벽시계가 씩씩하게 원을 그리고 있었다.

칙칵칙칵!

귀를 기울이면 초침까지 들리는 시계. 그러나 강토의 관심은 진작부터 이규리에게 꽂혀 있었다.

'저 여자……'

창가의 이규리는 천하태평이었다. 입찰 서류 대신 검지와 중지를 나란히 편 손가락을 만지작거리고 있다. 한가롭다. 마치 봄날 돌담에 내려앉은 봄살처럼 여유로웠다.

하얀 손가락 두 개가 젓가락을 닮았다. 젓가락… 절정의 최면술사인 그녀… 손가락도 의미가 있어 보였다. 검도 고수라면… 나무젓가락으로 사람을 죽일 수도 있다고 들었다. 진짜일까? 초등학교 때 친구들과 논쟁했던 기억이 스쳐갔다.

그때는 별게 다 논쟁이었다.

세계 권투챔피언과 세계 유도챔피언이 붙으면 누가 이길까? 강토는 권투에 걸었다. 권투는 옷을 거의 안 입으니 잡을 게 없기 때문이었다. 그 생각이 현실로 옮겨왔다.

'저 여자와 내가 맞짱을 뜨면?'

마법 같은 최면술을 쓰는 이규리와 매직 뉴런의 이강토. 진다는 생각은 들지 않지만 등골에 힘이 빡빡하게 들어가는 게 느껴졌다. 긴장하는 것이다.

꿀꺽!

침을 넘긴 강토는 다시 손가락으로 돌아갔다. 젓가락에서 격투기 대결로 이어진 생각의 원천. 그런데… 자세히 보니 이규리의 손가락의 끝이 해킹 팀을 겨누고 있었다.

"……?"

강토의 의식이 무섭게 반응을 했다. 손가락의 끝이 겨눈 건 해킹 팀의 리더였다.

'비즈니스?'

강토는 해킹 리더에게 시선을 돌렸다. 그의 눈이 가물거리고 있었다. 뭔가 이상한 느낌을 차린 강토는 소리 없이 그 눈을 파고들었다. 매직 뉴런의 출격이었다.

"……!"

리더의 뇌 안… 단숨에 치고 들어간 그의 변연계, 대뇌피질과… 안개……?

'안개?'

하마터면 소리를 지를 뻔했다. 그 안의 느낌이 송무학의 뇌풍경과 비슷했던 것이다.

'늦었다.'

놀란 강토의 시선이 이규리에게 향하는 순간, 이규리와 강토의 시선이 허공에서 만났다.

파아아앗!

강토는 느꼈다. 그녀의 최면술이 작렬하고 있는 걸. 그 방향이 해킹 팀 리더에서 빠르게 강토에게로 향하는 걸. 후끈 달아오른 강토, 가릴 것도 없이 매직 뉴런을 몰아쳤다.

찌잉!

'윽!'

강토는 머리를 쥐어짜는 아찔한 울림을 느꼈다. 가볍게 몸을 뒤트는 강토. 놀랍게도 이규리의 최면술이 먼저 먹혀 버린 것이다.

"이 실장!"

영문을 모르는 이성표가 나지막이 말을 건네 왔다. 강토는 반응하지 못했다. 정지된 듯, 마비된 듯 알알해진 머리 때문이었다. 그 느낌은 묘하고 또 묘했다. 손오공의 머리를 조이는 긴고주의 느낌이 이런 걸까?

'빠져나가야 한다.'

강토는 필사적으로 머리를 굴렸다. 조금씩 나른해지는 의식. 한 올 한 올 혼이 풀리는 것 같은 혼미함… 이규리의 최면은 생각보다 빠르고 강력했다.

'이게 미혼술이라는 건가?'

한사코 버티며 매직 뉴런의 활성을 극한으로 높였다. 덕분에 살짝 정신이 돌아왔다. 그 눈에 이성표의 만년필이 보였다. 더듬더듬 손을 내밀어 그걸 잡은 강토. 만년필로 자기 손등을 찍었다.

"이 실장!"

이성표의 눈이 휘둥그레졌지만 강토는 개의치 않았다.

한 번 더!

같은 부위를 찍자 상상 이상의 통증이 느껴졌다. 다친 부위를 또 찍는 것. 그것만한 고통도 흔치 않기 때문이었다. 오른손으로 가린 손등에서 피가 배어나오기 시작했다. 동시에 이규리의 미혼술인지 뭔지도 맥이 풀리는 느낌이 들었다.

'내 차례군.'

강토는 서늘한 시선으로 이규리를 겨누었다. 여자가 놀라는 게 보였다. 여자는, 다른 류의 최면을 시도하려는 듯 두 손을 모아들었다.

그뿐이었다. 이규리는 그 어떤 최면도 더는 시도할 수 없었다. 격노한 강토의 매직 뉴런들이 그녀의 뇌를 사정없이 점령한 까닭이었다. 강토가 아는 온갖 뇌의 약점을 압박한 매직 뉴런들은 이규리의 의지를 장악한 채 충성스럽게 다음 명령을 기다리고 있었다.

'박살!'

강토의 분노는 그 단어를 곱씹고 있었다. 하지만 입술은 다른 단어를 명령어로 삼았다.

'17,400원.'

강토의 의지를 받은 매직 뉴런들은 그녀의 시냅스 가시에 그 숫자를 촘촘 새겨놓았다. 오직 17,400이었다. 이규리의 손이 천천히 움직이기 시작했다. 동공 정지, 호흡 저하. 그러나 손만은 잡지 위에 같은 숫자를 써내려가는 이규리.

이규리의 손이 미칠 듯 부들거리며 패를 내밀었다. 그 숫자를 본 이철승이 미간을 좁혔다. 그들이 최종 조율한 건 9,500. 그런데 왜 갑자기 17,400이란 말인가? 하지만 송무학을 관리하고 온 건 이규리였다. 이철승의 머리가 복잡해지기 시작했다.

싱긋!

둘을 지켜보는 강토의 입가에 미소가 스쳐갔다.

"괜찮나?"

손수건을 꺼내준 이성표가 강토를 바라보았다.

"보다시피!"

대답하는 강토는 D팀 리더에게 목표를 옮겼다. 느긋하고 또 느긋하던 그의 해마 안에 든 건 역시나 9,200이었다. 그러니까 중국 팀, D팀이 해킹을 하고 있다는 걸 인지했던 것이다. 그렇기에 최종일인 오늘에서 전략을 바꾼 것이다. 9,500. 불행하게도 D팀은 그것까지는 캐치하지 못하고 있었다.

'어디 한번……'

궁금한 걸 참으면 병이 나는 법. 강토는 중국 팀의 바지 팀장 이철승의 뇌까지 훑어나갔다. 그의 비밀 서랍은 얌전히 열렸다. 대책 회의 장면이 나왔다. 그들의 또 다른 아지트였다. 중국 동포 해커들이 포진한 장소였다.

―D팀 애들이 이미 스마트폰 해킹 툴을 뿌렸습니다.

동포의 손에는 이철승의 핸드폰이 들려 있었다.

―역으로 가죠. 모르는 척하면서 마지막에 소스를 바꾸는 겁니다.

동포의 의견이 받아들여졌다. 그러니까 중국 팀 역시 해킹을 할 생각이었다. 그러다 D팀이 해킹을 선점하자 D팀 관리로 전략을 변경한 것이다.

'뛰는 놈 위에 나는 놈!'

사실을 확인한 강토는 혀를 내둘렀다. 그야말로 퍼펙트한 전략을 들고 나온 중국 팀이었다.

"마감 5분 전입니다. 다 작성하신 분은 여기 입찰함에 봉투를 투입해 주세요!"

잠잠하던 진행자의 멘트가 이어졌다.

"어쩔까?"

이성표가 눈으로 물었다.

무조건 9,500!

강토가 테이블 위에 대고 손가락으로 숫자를 써주었다.

'9,500?'

"마감합니다. 봉투 제출하세요!"

진행자가 마감을 알렸다. 그때까지 상대방을 의식하던 팀들이 일제히 숫자를 적기 시작했다. D팀의 리더도, 이철승도 그랬다. 그런데… 이철승은 홍수 같은 땀을 쏟고 있었다. 그는 마치 강직이라도 걸린 듯 어깨가 부러져라 바들거리며 떨었다. 그 떨림은 고스란히 손가락으로 전해졌다.

이규리 때문이었다. 이규리는 아까부터 이철승의 눈을 바라보고 있었다. 이철승은 고개를 저었지만 이규리 역시 무엇에 홀린 듯 눈을 떼지 않았다.

그러나 정작은 강토 때문이었다.

그 어색한 광경을 연출한 건 강토였다. 그사이에 이규리의 뇌를 완벽하게 장악한 강토. 이규리로 하여금 자기편인 이철승에게 최면 미혼술을 쓰도록 만든 것이다.

손 안 대고 코풀기!

강토라고 못할 것 없었다.

"도와드려요?"

이상한 분위기를 감지한 여직원이 이철승에게 다가섰다. 이철승은 필사적으로 고개를 저었지만 정작 목이 표현한 건 '끄덕'이었다.

예스에 해당하는 몸짓인 것이다.

마지막으로 중국 팀의 봉투가, 여직원에 의해 입찰함에 넣어졌다. 이철승와 이규리의 인상이 동시에 찌그러지고 있었다.

"고맙습니다. 이제 마감이 끝났습니다. 여러분의 봉투는 3시 정각에 개봉합니다. 그때까지 정숙을 유지해 주시기 바랍니다."

진행자의 마감 멘트가 나가는 순간, 강토는 이규리를 속박하던 매직 뉴런을 거둬들였다.

"억!"

비명을 내며 무너진 건 이규리보다 이철승이 우선이었다.

"왜 그러세요?"

다시 여직원이 다가왔지만 이철승은 여직원을 뿌리쳐 버렸다. 그리고 이규리의 멱살을 거칠게 잡아 세웠다.

"너 미쳤어?"

이철승은 야수처럼 다그치지만 이규리는 말이 없었다. 그녀의 시선은 강토에게 꽂혀 떨어지지 않았다. 그녀의 몸은 미친 듯이 떨고 있었다. 아무도 모르는 그녀의 고통. 그 고통을 안겨준 엄청난 상대 이강토. 그녀는 비로소 세상 넓은 것을 알았다.

칙칵칙칵!

초침이 세 시를 향해 달려갔다.

땡!

소리 없는 울림이 왔다. 초침과 분침이 일제히 12에 도달한 것이다. 문이 열리며 민 사장이 들어섰다. 중역 둘을 대동한 채였다. 그는 진행자를 향해 눈짓을 보냈다. 진행자가 입찰함으로 다가서자 사람들의 시선이 일제히 입찰함으로 향했다.

"그럼 응찰 금액부터 개봉하겠습니다."

진행자가 말하자 보조 직원들이 입찰함을 열었다. 일곱 봉투가 나왔다.

"첫 입찰자는 화성 플래닝, 종가 금액은……"

진행자의 말에 맞춰 직원이 봉투를 열었다.

"8,900원 나왔습니다."

8,900원.

첫 출발이 시작되었다.

"두 번째 입찰자는 비드비드 컨설팅… 금액은 9,700원 되겠습니다."

봉투들이 개봉되면서 각 팀이 술렁이기 시작했다. 두 팀의 금액이 애당초 예측한 숫자의 끝과 끝에 걸렸기 때문이었다.

"다음으로……."

D팀의 봉인이 열렸다.

"YBID의 가격은……."

YBID는 D팀. 강토와 이성표는 신경을 집중했다.

"9,500원!"

"……!"

이성표가 강토를 돌아보았다. 돌발이었다.

"이 실장……."

이성표의 눈가에 당혹함이 스쳐갔다. 강토는 미동도 하지 않았다. D팀, 결국 중국 팀의 마지막 카드까지 보았던 걸까? 아니면 신들린 예감?

어쨌든 그들의 종가는 9,500원. 애석하지만 변치 않을 일이었다.

두 팀 더 봉투가 열리자 남은 건 강토 네와 중국 팀뿐이었다. 각 팀은 남은 봉투에 집중하고 있었다.

"이제 두 장 남았군요. 이번 팀의 금액은……."

여직원이 펼친 입찰 서류를 본 진행자가 한 발 더 다가섰다. 그런 다음 고개를 갸웃하더니 금액을 발표했다.

"17,400원 나왔습니다."

17,400원!

중국 팀이었다.

"우!"

각 팀의 반응은 경악 수준이었다. 상한가가 나온 것이다.

"마지막으로……. 9,500원 나왔습니다."

끝을 장식한 건 강토네였다. 이번에는 D팀이 반응을 했다. 두 팀이 같은 금액을 적은 것이다. 중국 팀을 제외하면 도토리 키 재기의 금액. 고작 200-300원 차이로 희비가 갈릴 판이었다. 사람들은 시선은 텔레비전으로 향했다. 결정권은 거기 있었다. 화면이 종가를 비추는 순간 승자가 정해지는 것이다.

아직은!

여섯 팀이 희망을 가지고 있었다. 그러나 한 팀, 중국 팀만은 달랐다. 이철승은 구겨지다 못해 터질 듯 분노를 삭히는 중이고 이규리의 눈에는 초점이 없었다. 물론 그 이유를 아는 사람은 강토뿐이었다.

"종가 발표합니다!"

3시!

초침과 분침이 사이좋게 겹치자 진행자가 리모콘을 쥐었다. 그는 화면을 향해 리모콘을 겨누었다.

*　　　*　　　*

꿀꺽!

여기저기서 침 넘어가는 소리가 들렸다. 강토 역시 화면에 시선을 꽂았다.

치익!

짧은 전파음과 함께 화면이 나왔다. 화면은 바로 선명해졌다.

블루 라이프!

종가는 파란색이었다. 그렇다면 하락이다.

'금액은……'

"와우!"

강토가 숫자를 읽기도 전에 D팀이 펄쩍 뛰어오르며 환호를 했다. 9,500……. 입실 직전에 확인한 거래가는 빨간 불. 4% 가까이 오른 금액. 하지만 종가는 결국 9,500원이었다.

"으아!"

간발의 차이로 틀린 몇 팀은 허탈감에 빠졌다. 이 순간을 위해 들인 수많은 노력과 돈. 허탈하고도 남을 시간이었다.

"오늘의 종가는 9,500원입니다. 우리 주식 흐름답지 않게 막판에는 하한까지 갔다가 두어 계단 올라왔군요. 종가를 정확히 맞춘 팀은… 둘입니다. 축하드립니다."

두 팀!

진행자가 D팀과 강토 네를 돌아보았다. 다른 팀들이 박수를 보내왔다. 별수 없이 승복하는 것이다.

"그럼 다들 수고하셨습니다. 동일 금액을 써낸 두 팀만 남고 퇴장하셔도 좋습니다. 여러분이 맡긴 보증금은 금일 은행 마감 이전에 환불될 것이지만 당초 옵션대로 종가의 10% 이상을 틀린 팀의 보증금은 저희가 회수할 것을 참조해 주시기 바랍니다."

진행자의 시선은 중국 팀을 향해 있었다. 직원들이 다가와 핸드폰을 나눠주기 시작했다. D팀 리더도 핸드폰을 받아들었다. 강토가 일어선 건 바로 그때였다.

"의견이 있습니다."

"동점에 대한 의견이라면 다른 팀들이 나간 이후에 논의할 것이니 잠시만 기다려 주세요."

"다른 팀들이 알아야 하는 사안이 있습니다."

"다른 팀이요?"

"다들 잠시만 자리에 착석해 주시면 고맙겠습니다."

강토가 중앙으로 나섰다. 퇴장하려던 팀들은 다들 어정쩡한 자세를 보이다 테이블에 자리를 잡았다. 강토는 민 사장을 바라보며 포문을 열었다.

"민 사장님, 종가의 10% 이상 오차가 나는 팀에 대해서는 블루 라이프 기업에 대한 입찰 자격 부족으로 보증금을 몰수하겠다고 명시하셨죠?"

"그렇소만……."

"그렇다면 명시적 부정행위를 한 경우는 어떻게 되는 겁니까?"

강토가 또렷하게 물었다.

"명시적 부정행위?"

"예를 들면 이상한 술수로 관련자를 매수하거나 불법으로 정보를 취득한 경우 말입니다."

"불법?"

테이블 여기저기서 술렁임이 시작되었다. 강토는 잠시 말을 멈췄다가 계속 이어나갔다.

"그런 경우에 대해 민 사장님의 판단이 필요합니다."

"종가 10% 오차 규정은 애당초 계약서에 단초를 달았지만 그런 경우는 고려치 않았습니다. 하지만 명백한 증거가 있다면 그 팀의 입찰은 무효로 하겠습니다."

사장의 말과 함께 실내에는 찬바람이 불어왔다.

"그런 팀이 있습니다."

강토의 목소리에 힘이 들어갔다.

"어떤 팀이란 말이오?"

민 사장이 물었다. 그는 애당초 이성표에게 들은 말이 있었다. 종가 적중 1등이 문제가 되면 2등에게 권리를 넘겨주겠다던 언질. 그런데 지금 강토가 제기한 문제는 그쪽도 아니었다.

"두 팀이 있습니다."

강토, 좌중을 돌아보며 말했다.

"두 팀?"

테이블의 웅성거림이 조금 더 높아졌다.

"두 팀이나?"

사장 역시 의외라는 듯 중역들을 돌아보았다.

"그 한 팀은 제 소관이 아니니 패스하지만 이 팀은 저희와 관련이 있으니 이 자리에서 증명하겠습니다."

강토는 중국 팀을 바라보았다.

"허얼, 역시 상한가 팀에 뭔 일이 있구만."

"그러게. 그렇지 않고서야 맞춰도 10%를 벗어나는 금액을 맞출 수 있나?"

술렁거림 속에서 강토는 천천히 방향을 틀었다. 강토는 그 옆에 자리한 D팀 리더의 핸드폰을 잡았다.

"……?"

리더는 본능적으로 방어하며 핸드폰을 눌렀다.

"잠깐만 실례해도 될까요?"

강토가 물었다. 그 눈빛은 아까와 달랐다. 주인으로써 명령하는 묵직한 눈빛이었다.

"왜?"

리더가 짧게 받아쳤다.

"아실 텐데요."

강토의 대답도 짧았다.

"뭘?"

"선수끼리 왜 이러십니까?"

지긋이 웃어 보이는 강토.

"우리 팀이 불법을 저질렀다는 건가?"

끄덕!

강토는 고갯짓으로 대답했다.

"미친… 당신이 경찰이나 검찰이라도 돼? 그리고 무슨 권리로 남의 핸드폰을?"

"그럼 이렇게 하죠."

"……?"

"내가 뺄짓한 거면 동점자로서의 권리를 포기하고 당신 팀이 단독으로 낙찰. 괜찮죠?"

강토는 모두의 동의라도 구하듯 실내를 돌아보았다. 반대가 나올 리 없는 옵션이었다. 리더가 당황하는 사이에 강토는 핸드폰을 집어 들었다. 그런 다음 잠금 해제 패턴을 바라보았다. 리더는 비웃음 가득한 얼굴로 고개를 저었다. 패턴을 아는 건 리더뿐. 그러니 웃지 않을 수 없는 것이다.

하지만 그건 리더의 착각이었다. 어느 틈에 리더의 비밀 서랍으로 들어간 강토의 매직 뉴런들. 돌기가 생생한 시냅스를 통해 손쉽게 패턴을 알아냈다.

봉인은 한 방에 풀렸다.

"협조 고맙습니다. 비번도 안 걸어두셨으니."

강토는 그렇게 둘러댔다. 워낙 단숨에 푼 일이라 본 사람도 없었기 때문이었다. 리더가 당황하는 게 보였다. 긴가민가 싶은 모양이었다.

강토는 맨 처음 눈에 띈 녹음 파일을 눌렀다. 녹음이 재생되었다.

"그러니까 문제는 E팀과 F팀이라고. 그쪽 정보망을 역추적해보니 E팀은 8,800원 만지고 있고 F팀은 아직 유동적이야. 두 팀이 확보한 주식은 확인 가능한 것만 7만 주쯤 되고……."

파일 속에서 나온 건 B팀의 통화 내역이었다. 놀란 B팀 리더가 벌떡 일어섰다.

다음 파일……

"주포를 찾아. 찾아서 종가 오더 먹여. 사례 외에 나중에 주식청구권 인정한다고 하고."

이번에는 중국 팀의 실질 리더 중국인의 목소리였다.

'목소리는 여기까지.'

다음으로 문자 캡처를 찾아냈다.

그 안에는 시시각각으로 변한 각 팀의 분석과 최종 종가에 대한 숫자가 빠짐없이 적혀 있었다. 강토는 그걸 D팀의 리더 코앞에 들이밀었다.

"……!"

사색이 된 리더는 의자에서 미끄러져 버렸다.

와당탕!

소리 뒤로 무서운 침묵이 이어졌다.

"이 팀은 조직적 해킹을 했습니다. 해킹으로 다른 팀들의 내부 사정을 훔쳐보며 느긋하게 전략을 세웠지요. 그것도 모자라 상대방을 위해하려는 시도까지 했습니다. 어떻게 생각하십니까?"

핸드폰을 증거물로 건네준 강토, 시선을 민 사장에게 고정시켰다. 판결을 재촉하는 것이다.

"당신……."

화면을 확인한 민 사장이 자리를 박차고 일어섰다.

"으으……."

D팀 리더는 식은땀을 흘릴 뿐, 입을 열지 못했다. 귀신도 모르게 시도한 해킹. 그런데 그 사실을 낱낱이 꿰고 있는 이강토. 리더는 마치 저승사자에게 홀린 듯 숨도 제대로 쉬지 못했다.

"당사의 공매입찰 낙찰은 원스플래닝으로 결정합니다."

민 사장의 판결이 나왔다. 원스플래닝은 이성표가 응찰한 회사명이었다. 선언과 함께 D팀 리더의 고개가 떨어졌다.

"으……."

짐승의 신음도 새어나왔다.

게임 오버!

블루 라이프에 대한 게임은 그것으로 끝났다. 하지만 뒷풀이가 남아 있었다. 강토가 기대하는 뒷풀이…….

입찰 팀들이 회사 건물을 나설 때였다. 중국 팀 차량을 막아서는 차가 있었다. 차에서 내린 건 반 검사와 유 수사관 등의 검찰 팀이었다.

"당신을 선종일 박사 살인혐의 등으로 체포합니다. 기타 세 명에 대한 건 천천히 조사해보죠."

반 검사가 이규리에게 체포영장을 내밀었다. 이미 강토에게 치명타를 받아 혼란스러운 이규리. 그러나 세차게 고개를 저으며 범행을 부인했다.

"데려와."

반 검사의 명을 받은 유 수사관이 차에서 한 사람을 끌어 내렸다. 중국인 왕펑이었다. 그는 이규리를 보더니 고개를 떨구었다. 이규리는 입찰장을 향해 미친 듯이 고개를 돌렸다. 그 뇌리에 강토가 스쳐간 것이다.

"……!"

다시 한 번 아찔해졌다. 그가 분명했다. 그 말고는 짚이는 사람이 없었다. 그러나 그러면 어쩐지 가능할 것 같았다. 궁극의 최면술로 증거도 없이 마감시킨 네 명의 목숨. 그런데… 검찰은 그것조차 알고 있지 않은가?

아아!

이규리는 다리가 풀리는 걸 알았다. 어쩐지 내키지 않았던 이번 한국 행. 그러나 거절하기에는 이미 깊어버린 왕펑과의 관계.

비장필천(轡長必踐)!

단어 하나가 그녀의 뇌를 미친 듯이 스쳐갔다. 꼬리가 길면 밟힌다. 극강의 최면술을 과신했던 그녀. 그 행운은 여기까지였다.

"당신……."

이규리 뒤에서 반 검사가 입을 열었다.

"이강토 생각하지?"

"……?"

"걱정하지 않아도 돼. 당신 수사에는 이강토 씨도 초빙하게
될 테니까."

"……?"

"그래야 하지 않겠어? 그러니 먼저 가서 기다리자고."

반 검사는 이규리의 팔을 끌었다.

"이 실장!"

낙찰 절차를 밟고 나온 이성표가 강토에게 다가왔다.

"왜요?"

"으아, 이 사람 진짜……."

이성표는 반색을 하며 두 팔을 벌렸다.

"팀장님!"

"팀장이고 나발이고, 아무 소리 말라고. 나 미치기 일보직
전이니까."

이성표는 강토를 와락 끌어안았다. 그리고 와들와들 몸서
리를 쳤다.

"이제 됐나요?"

"그래. 이제 됐어. 이 사람아!"

강토에게서 떨어진 후에도 이성표는 감동의 도가니였다.

"소심하게 왜 그래요? 이 바닥 사대천왕이라는 분이……."

"사대천왕 아니라 오대천왕이면? 아, 어떻게 상황을 이렇게 몰고 가? 사람 숨 막혀 죽는 줄 알았잖아?"

"짐작 못했어요?"

"중국 팀이야 짐작했지. 하지만 D팀까지 그렇게 해치울 줄은 몰랐어."

"그럼 뜸 좀 들이다 끝낼 걸 그랬나요?"

"미쳤어? 그놈이 입찰장 나가서 핸드폰 내용 싹 지우고 입 닦으면 어쩌려고?"

"아시네, 뭐."

"해킹은 언제 안 거야? 왜 나한테 말 안 했어?"

"아침에 알았어요. 말할 시간도 없었고 잘못 말하면 저쪽에서 알아채고 다른 대책 세울까봐……."

"그래서 연락이 안 된 거구만? 오피스텔 관리 팀도?"

"아마 그렇겠죠?"

"어휴, 내가 아까부터 가슴 졸인 것만 생각하면……."

"생각보다 소심하시네."

"이게 소심하고 무슨 상관이야? 자꾸 그러면 이 실장 아버지 일 다시 생각할 거야!"

"이제 보니 치사하기까지……."

"아무튼 말이야!"

빼액 소리친 이성표. 강토의 두 손을 잡으며 뒷말을 이었다.

"진짜 대단해!"

"팀장님도요. 이번 진두지휘는 완벽했습니다. 끝까지 저를 기다려준 그 마음도……."

"천만에, 나야 이 실장이 필요해서 그랬을 뿐이야. 나 혼자 들어갔으면? 이 입찰 따냈겠어?"

"가요. 내가 좀 바빠질 거 같거든요."

강토가 앞서 걸었다.

"뭐가 또 바빠? 오늘 밤은 어디 가서 코 삐뚤어지게 마시자고. 피가 한 말은 마른 거 같아."

"벨로체 갈까요? 나 거기다 실탄 많이 투자했는데……."

"못 갈 거 없지. 거기 에이스들 열 명이라도 예약해 둘게."

"고맙지만 당장은 밥이나 쏘세요. 저 곧 납치될 거 같거든요."

"납치라니? 어떤 놈이 내 허락도 없이 이 실장을?"

"반 검사요!"

"반 검사?"

"중국 팀 말이에요. 체크하다 보니 범죄가 좀 크네요. 그래서 반 검사님이 데려갔고… 참고인으로 저를 부를 겁니다."

"에이, 씨… 하필이면 반 검사야?"

"저 몰래 죄 지은 거 있어요?"

"누가 그렇대? 성질 깐깐한 인간이니 안 된다고 할 수도 없으니까 그러지."

"밥 쏠 거예요? 안 쏠 거예요? 안 쏘면 지금 바로 가고요."

"쏴. 쏜다고!"

이성표는 강토 팔을 잡아끌었다.

제2장

배후

지글지글!

한우 1+++ 등심을 구웠다. 이성표가 구웠다. 팀원에게 봉투를 안겨 돌려보낸 그는 혼자 열심히 구웠다. 그런 다음 고기를 강토 앞에 수북이 쌓아주었다. 강토는 그 고기를 덕규 앞으로 배달했다. 먹는 건 덕규 차지였다.

"거 많이 좀 먹어!"

이성표가 재촉을 했다.

"안 먹어도 배부른 걸요."

강토가 웃었다.

"하긴 나도 뭐 먹을 생각 없네. 내 평생 이렇게 짜릿한 배팅은 미국 놈들하고 붙은 후로 처음이거든."

"저도 그렇습니다."

"뭐가 저도야? 이 실장은 다 알고 있었으면서?"

"그래도 처음은 처음인 거죠."

"해킹한 팀도 검찰에 딸려가는 건가?"

"아뇨!"

강토가 고개를 저었다.

"왜?"

정색을 하는 이성표.

"뭐 각 팀이 어느 정도 불법은 다 자행했잖습니까? 그러니 해킹 팀까지 건드리면 이 입찰 자체가 문제가 되어 우리 자격이 박탈될 지도?"

"……?"

이성표의 동공이 멈춰 버렸다. 정곡을 제대로 찌르는 말이었다.

"잘 먹었으니 팀장님께 선물 하나 드릴게요."

"선물?"

"저 믿습니까?"

"믿지. 믿고말고."

이성표는 기꺼이 대답했다. 앞뒤 가리지 않는 걸 보니 강토의 능력에 반해 버린 성표. 그건 덕규의 눈에도 진심으로 보였다.

"그럼 잘 받으세요. 덕규야!"

강토가 돌아보자 덕규가 기름덩어리를 내밀었다. 강토는 숯불판 위에 기름덩어리를 투하했다.

화아악!

기름이 녹아내리면서 불길이 치솟았다. 이성표는 무슨 일인지 몰라 가만히 지켜보았다. 강토는 남은 기름을 다 투하했다. 이번에는 제법 사나운 불길이 치솟았다.

"괜찮으세요!"

놀란 주인이 달려왔다. 그는 불판을 들어내고 숯불의 화력을 조절했다. 불이 세서 그런 줄 안 모양이었다.

"죄송합니다. 천천히 구우세요."

주인은 당부를 남기고 돌아섰다.

"기름은 왜?"

이성표가 물었다.

"그게 선물이에요."

"선물?"

"확실하게 선물받은 겁니다. 잘 생각해 보세요."

강토가 웃었다. 뭔가 깊은 의미가 담긴 웃음. 웃음의 의미를 짚어보던 이성표는 불길을 떠올 리자 그대로 얼어붙어버렸다.

"이 실장……."

"이제 감을 잡으셨나보군요."

"그러고 보니……."

이성표는 이미 사라진 불길을 기억 속에서 더듬었다.

불!

불이었다.

불은 이성표의 깊고 깊은 트라우마였다. 먼 과거 의붓어머니의 학대에 못 이겨 집에 불을 질렀던 이성표. 그로 인해 화상을 입고 이내 죽어버린 의붓어머니. 그건 강토가 이미 알아낸 사항이지만 뇌파가 맞지 않는다며 비밀로 삼고 있던 이성표의 아킬레스건이었다.

"알았나? 내가 불을 무서워하는 것?"

"저번에 보았죠. 돌발 라이터……."

"아!"

이성표가 감탄사를 밀어냈다. 이규리를 체크하던 곳에서 일어난 일. 강토는 그 작은 사건을 트라우마와 연관시켰다. 의심할 수 없는 논리가 성립되는 일이었다.

"그때 불에 대한 공포심이 지나친 것 같아 치료 뇌파를 조절해 보았는데 다행히 그건 맞은 모양입니다. 원래 세타파가 잘 안 통하는 사람과는 사소한 뇌파도 안 맞는데 팀장님과 저는 인연인 것 같습니다."

강토는 그럴 듯한 이유를 만들었다.

"고맙군. 그런 것까지 생각해 주다니⋯⋯."

"기왕 손을 잡았으니 최선을 다해야죠. 팀장님도 우리 아버지에게 최선을 부탁합니다."

"감동이야. 밤 새워서라도 제대로 정리해드려야겠는 걸!"

이성표가 손을 내밀었다. 강토는 이성표의 손에 실린 마음까지 잡았다. 문득 체크한 그의 뇌는 강토에게 기울고 있었다.

─평생 같이 가도 될 친구군.

─무조건 믿어도 되겠어.

이성표의 시냅스에는 강토에 대한 가시가 튼튼하게 돋았다. 다른 어떤 기억의 가시보다 강력했다. 어쩌면 영영 지워지지 않을 지도 몰랐다.

치익, 다시 고기가 구워지기 시작했다. 먹지 않아도 고소한 강토였다. 이성표의 마음을 확실하게 잡은 것이다.

"앉아!"

반 검사가 말했다.

예감대로 한우고깃집에서 반 검사의 전화를 받은 강토. 이성표를 보내고 검찰청으로 달려왔다. 덕규는 대기실에 두었다. 반 검사가 여직원을 통해 잘 챙기고 있으니 걱정할 일은 없었다.

"중국 팀은요?"

"그게 여자는 국적이 일본인이더라고. 일본명은 단풍이라는 뜻의 카에데."

"일본인이라고요?"

"아버지는 중국인, 어머니는 일본인. 일본에서 나서 자라다 상하이로 이주. 현재는 중국에서 살고 있더군. 뭐 무늬만 봐서는 중국인으로 봐도 무방."

"그랬군요."

"묵비권 행사 중이야."

"셋 다요?"

"아니, 둘만!"

"중국인과 이규리로군요?"

"그래. 이철승이라는 친구는 입을 열었지만 그는 살인사건에 대해서는 모르고 있더라고."

"그럴 겁니다. 살인은 그들 둘이 벌인 일이니까요."

"가능하겠어?"

반 검사가 시선을 들었다. 자백을 말하는 것이다.

"참조 사항은요?"

"조금 복잡하긴 하던데⋯⋯."

"어떤?"

"한번 살펴봐. 나 도와주려면 필요할 테니까."

반 검사가 서류를 내밀었다. 첫 쪽부터 눈에 띄는 글자가 있었다. '융진'이었다.

"융진 쪽 연관이군요."

반갑지 않은 이름. 아버지를 핍박한 노중권이 있던 대기업이 아닌가?

강토는 서류를 넘기기 시작했다. 쭉쭉 밀고 가다가 또 아는 글자에 시선이 닿았다. 이번에는 '융진토이'였다.

"노중권요?"

강토가 파딱 고개를 들었다. 융진토이와 연결되는 건 노중권밖에 없었기 때문이었다.

"다음 쪽!"

반 검사는 서두르지 않았다. 다리까지 꼬며 턱짓으로 강토를 달래는 반 검사. 한 장을 더 넘기니 '환경호르몬 파동'이라는 기사가 나왔다. 지금으로부터 8년 전이었다. 노중권이 강토 아버지 회사를 말아먹고 나서서 구원투수가 되어 융진토이로 옮겨간 시점이었다.

강토는 빠르게 문장을 읽어나갔다.

당시 융진토이 중국 공장에서 만든 장난감이 문제가 되었다. 어린이에게 유해한 환경호르몬이 대량으로 검출되며 사회 문제가 된 것.

노중권이 투입된 후 채택한 새 모델. 성탄절이나 어린이날 같은 때만 되면 아빠들에게 밤샘 선물 줄을 서게 했던 그 대박 장난감이었다. 보고서 아래에는 인기 절정이던 장난감 모델이 사진으로 찍혀 있었다.

"……!"

그걸 본 강토는 숨이 터억 막혀왔다.

찍힌 로고가 MM이었다. 융진이라면 YJ정도였어야 할 로고. 그 이유 역시 보고서의 주석에 적혀 있었다. MM은 사명이 아니라 제품명이었던 것이다. 아차 싶었다. 이규리의 머리에서 읽었던 로고. MM이었기에 융진이라고는 아예 꿈도 꾸지 않던 강토였다.

"노중권이 배후일 가능성이 있습니까?"

보고서를 덮으며 강토가 물었다.

"그건 모르지만 한 가지는 알지."

"뭐죠?"

"자칫하면 골치가 아파진다는 거."

"……?"

"노중권 그 양반, 명망 있는 인사로 정치권 영입 직전이잖아? 알아보니 이미 선거 사무실까지 준비하면서 양다리더라고. 사실상의 정치권이라고 봐야지."

"무슨 뜻인지?"

"그 사람이 관련되었다면 움직일 수 없는 물증을 찾아야 해. 그렇지 않으면 역대급 역풍 각오!"

반 검사가 웃었다. 주제는 심각하지만 표정은 느긋하다. 과연 강골 검사였다.

"바라던 바입니다."

강토는 혈관이 후끈 덥혀지는 걸 느꼈다. 그렇잖아도 노중권을 노리던 강토. 이런 사건에 연관된 거라면 절호의 기회가 아닐 수 없었다.

"내가 그 보고서를 미리 보여준 데는 다른 의미도 있어."

'다른 의미?'

"뭘까?"

반 검사는 여전히 느긋한 표정을 지었다.

"경계로군요."

"빙고, 역시 우린 통한단 말이지."

반 검사가 웃었다.

경계!

강토는 반 검사의 마음을 알았다. 보고서를 미리 보여준 깊은 뜻. 사건은 노중권이 융진토이의 사령탑일 때 일어난 일이지만 연관이 없을 수도 있었다. 그러니 미리 질러가서 낭패를 보지 말자는 걸 에둘러 말하고 있는 것이다.

"민간인과는 달리 검찰은 팩트와 증거만 취급해야 하거든. 아니면 자칫 정치검사로 몰릴 수도."

"왠지 끌리는 말이군요."

"그리고… 사고가 좀 있었어."

"사고요?"

"이규리 말이야… 강토 씨 말로 최면술을 쓴다기에 우리 최면 전문 수사관을 붙여보았지. 그런데 속된 말로 골로 갈 뻔했어."

"……?"

"이규리 능력을 시험한다는 게 호되게 당한 모양이야. 휘청 흔들리는 걸 유 수사관이 데리고 나왔길래 망정이지."

"그랬군요."

"가볼까?"

이야기를 마친 반 검사가 일어섰다.

저벅저벅!

강토는 반 검사와 나란히 검찰청 복도를 걸었다. 신분은 외부 조력자였다. 검찰에게 부족한 걸 채워주는 전문가. 장소와 분위기는 다르지만 청와대 일과 유사한 선상이었다.

피는 점점 뜨겁게 끓어올랐다. 노중권이라니. 이규리와 연관이 되었다니… 강토의 머리 안에서 시냅스들이 폭풍 활개를 치는 게 느껴졌다. 그가 연관되어 있다면 그게 만분의 1 확률이라고 해도 놓치고 싶지 않은 강토였다.

"검사님!"

조사실에 가까워지자 유 수사관이 인사를 해왔다. 그 옆에는 최면 전문 권 수사관이 함께 서 있었다.

"괜찮나?"

반 검사가 권 수사관을 바라보았다.

"예… 이제… 아, 혹시 이분이 그분?"

권 수사관이 강토를 보며 물었다.

"맞아. 뇌파 독심술 전문가 이강토 씨."

반 검사가 강토를 소개했다.

"조심하십시오. 저 여자 보통 실력이 아닌 거 같습니다. 우리 같은 최면 계열이 아니라 살상용 최면인 것 같습니다."

"예!"

강토는 겸손하게 응대했다.

"안에 있나?"

강토 옆에 있던 반 검사가 유 수사관에게 물었다.

"예, 이규리… 아니 카에데는 여기 있고 왕평은 저 옆방에 있습니다."

"그럼 시작할까?"

반 검사의 시선이 강토에게 돌아왔다. 강토는 끄덕, 고갯짓을 하고는 반 검사를 따라 들어갔다.

"……!"

강토를 보기 무섭게 이규리의 눈빛이 레이저급으로 변했다. 강토를 뚫어버릴 듯 원망에 찬 시선이었다. 반 검사는 조사 테이블에 앉았다. 강토는 그냥 서 있었다.

"총 네 명 살해. 중국인 하나와 한국인 셋. 동침한 젊은 두 남자와 중국인 관료, 한국인 독성 물질 분석 전문가 살해……."

본론 직행. 반 검사다웠다. 그는 강토를 쏘아보는 이규리를 향해 거침없이 말을 이어갔다.

"기왕 밝혀진 건데 화끈하게 끝내자고."

"……."

이규리의 입술이 견고하게 다물어지는 게 보였다. 묵비권으로 나가겠다고 작정한 모양이었다.

"우선 선종일 박사 건부터 가죠."

지켜보던 강토가 조용히 덧붙였다. 느슨하던 이규리의 시선이 전격 강토를 향하는 순간 강토가 먼저 매직 뉴런을 출격시켰다.

"꾸읍!"

선공을 당한 이규리의 몸이 꿀럭거렸다. 그녀의 침묵은 미혼술 때문이었다. 체념한 척 하면서 회심의 일타를 노린 이규리. 그걸 눈치챈 강토가 그녀를 제압해 버린 것이다. 눈에는 보이지 않지만 피를 튀기는 혈전. 방 안에는 그새 살기가 가득 차 있었다.

"……"

낌새를 아는 반 검사는 숨을 죽인 채 둘을 주목했다.

'여기 있군.'

강토는 그녀의 기억 속에서 최면술을 발견했다. 수련 과정에서부터 비기까지 전부. 호기심 때문에 낱낱이 체크하는 강토. 특히 미혼술에 마음이 끌렸다. 그건 기억 헝클이기와 비슷한 원리였다. 극도의 혼란을 유도하고 그 상태에서 정지. 얼이 빠질 수밖에 없는 일이었다.

'미안하지만 여기까지만!'

강토는 최면술 서랍을 끝까지 열었다. 그리고 매직 뉴런들에게 최후의 명령을 내렸다.

'무장해제!'

강토의 명령을 받은 매직 뉴런들은 시냅스를 뻗어 최면술을 담은 시냅스 가시를 뭉개기 시작했다. 그냥 두었다가는 다른 수사관들에게 해가 될 수 있는 일. 그렇기에 최면을 행하는 단계의 몇을 뒤섞어놓았다.

"……!"

맥이 풀리는 것일까? 이규리의 표정, 건망증이라도 걸린 듯

헐렁하게 변하기 시작했다. 오래 걸리지는 않았다. 그녀는 이내, 울상을 지었다. 최면술을 쓰려고 하면 두통이 가중되기 때문이었다.

"검사님!"

조치를 끝낸 강토가 반 검사에게 신호를 보냈다.

"응? 응……."

반 검사, 너무 몰입해 보았던 걸까? 허둥거리는 기색이 역력했다.

"그럼 선종일 건, 어떻게 죽였는지 말해보세요."

"나는 죽이지 않……."

완강하게 나오던 이규리의 미간이 일그러졌다. 고통 때문이었다. 입을 열 생각이 없음을 알고 있는 강토가 슬며시 공포를 선물한 것이다. 그 정도는 신경전달물질인 글루타메이트를 조절하는 것으로도 충분했다.

"다 알고 있어요. 말하세요."

다시 다그치는 반 검사.

"나는 죽이지 않… 내가 죽였어요."

버티던 그녀는 결국, 눈알을 뒤룩거리며 입을 열었다. 강토가 주는 공포와 그녀의 의지와의 싸움. 애당초 상대가 되지 않는 게임이었다.

"어떻게?"

"그건……."

전율하는 여자의 시선은 반 검사가 아니라 강토에게 향해 있다. 그러니까 그녀의 실질 취조자는 강토였던 셈이다.

"어떻게?"

"미혼술… 최면의 일종인 미혼술……."

"구체적으로……."

"명령어 입력처럼… 내 의지를… 심어서… 실험실로 돌아가 서류를 작성하고 죽어라, 죽어라!"

"최면은 어디서 어떻게 걸었습니까?"

"주차장… 내 차 긁혔다고 불러내서……."

주차장!

사실상의 첫 증거가 나왔다. 선종일이 과로사로 처리된 건 외부 침입이나 가해의 증거가 없었기 때문. 하지만 최면을 건 장소가 언급되었으니 수사는 급물살을 탈 일이었다.

"교사자는 누구입니까?"

"몰라… 음… 왕… 왕펑!"

필사적으로 비껴가려는 그녀. 하지만 강토는 여전히 그녀의 의지를 통제하고 있었다.

"그가 왜 당신에게 선종일 박사 살인을 지시한 거죠?"

"몰라… 나는 그저……."

"대가를 받았죠?"

"남자와… 돈……."

"얼마요?"

"백만……."

"위안이겠군요? 중국 돈?"

"예……."

"둘은 어떤 관계죠?"

"……"

"말하세요."

"그냥… 만나는……."

"정부로군요?"

"……"

이규리는 그 말에 토를 달지 않았다. 백만 위안이면 1억 8천 정도…….

거기서 반 검사가 강토를 돌아보았다. 왕펑에게 가자는 신호였다. 강토는 고개를 끄덕거려 보조를 맞춰주었다. 기다리던 바였다.

＊　　　＊　　　＊

왕펑의 눈매 역시 이규리와 다르지 않았다. 그는 상처난 곰처럼 웅크린 채 입을 닫고 있었다. 옆 조사실에 들어서는 순간, 강토는 살기를 느꼈다. 왕펑이 진원지였다. 반 검사가 자리에 앉았다. 그리고 바로 녹음을 틀었다. 이규리의 자백이 재생되었다.

"목소리 확인하세요."

반 검사가 말했다.

"……."

"당신 공범 이규리… 아니 카에데 맞죠?"

"……."

왕펑이 침묵으로 동의하자 반 검사는 재생음을 높였다. 치익, 잡음에 이어 재생음이 또렷이 이어졌다.

—교사자는 누구?

—왕… 왕펑.

—대가를 받았죠?

—남자와… 돈…….

—얼마?

—백만…….

—위안이면 중국 돈?

—예…….

—백만 위안이면 1억 8천 정도…….

—어떤 관계죠?

—그냥… 만나는…….

―정부로군요?

왕펑의 눈매에 경련이 일기 시작했다. 이규리의 자백이 나왔으니 발뺌도 할 수 없는 상황이었다.

"중국 사람들은 만만디, 즉 천천히를 좋아하죠? 그런데 한국 사람들은 그 반대입니다. 그 정도는 알고 들어왔겠죠?"

"……."

"내가 궁금한 건 선종일입니다. 잘 협조하면 나머지 사건들은 느슨하게 대해줄 수도 있습니다. 한국에서 일어난 것도 아니니까요."

반 검사가 미끼를 던졌다. 지능범은 첫 단추가 중요했다. 강철 문처럼 닫힌 문. 그러나 열리기만 하면 도미노가 될 수 있었다. 그랬기에 명분을 만들어주는 반 검사였다.

"말하세요. 어차피 살인은 이규리가 행한 일입니다."

미끼의 강도를 높여주는 반 검사. 그때 왕펑의 눈동자가 격하게 출렁거렸다. 심리적인 동요가 아니었다. 부릅뜬 두 눈으로 강토의 매직 뉴런이 치고 들어간 것이다.

'선종일!'

선제 탐색이었다. 어차피 자백과 증거가 필요한 일이지만 상대의 기억을 선점함으로써 '대조'의 시간을 아끼려는 의미였다.

그런데… 강토는 왕펑의 기억 서랍 앞에서 한 번 더 경악했다. 왕펑이 만난 사람들 때문이었다. 그중에서도 두 번째 기억으로 남은 사람… 아아아, 강토는 벼락처럼 달려드는 충격을 입술을 깨물며 참아냈다.

노중권!

믿기지 않게도 노중권이었다. 왕펑의 기억 속에 있었다. 둘은 중국의 융진토이 현지공장에서 밀담을 나누었다. 참석자는 넷이었다. 노중권 옆에 앉은 사람은 현지법인 사장, 노중권의 측근이었다.

왕펑 옆에도 사람이 있었다. 50대의 중국인이었다. 두 낯선 이의 기억을 다시 뒤졌다. 현지법인 사장은 조철주, 중국인 이름은 탕샤오레이. 시기로 보아 장난감 환경호르몬이 한국에서 문제가 된 시점. 한국의 본사에서 두 대학연구소에 실험의뢰를 했던 때였다.

―선 교수 입을 막아.

신임 CEO로 취임한 노중권이 오더를 던졌다.

왕펑 역시 오더로 맞섰다.

―하남성 전역 판매 독점권에 더불어 인친척 다섯 명 취업.

노중권은 고개를 끄덕였다.

기억을 건너뛰었다. 이번에는 왕펑과 이규리였다. 그 기억은 이규리의 자백과 비슷했다. 노중권의 오더를 왕펑이 이규리에게 전한 것이다.

"말해요!"

다시 한 번, 반 검사의 심문이 이어졌다. 왕펑은 안면근육을 실룩이며 고민에 빠졌다. 이규리가 자백을 한 판. 자신은 어느 선까지 감당해야 할지를 고민하는 것이다.

글루타메이트와 변연계.

강토는 왕펑에게 지옥을 안겨줄 메뉴를 고르고 있었다. 글루타메이트를 몰아치면 지옥의 공포를 안겨주면서 확실하게 기선을 제압할 수 있다. 변연계 역시 마찬가지였다. 공포의 감정을 주관하는 부위니 글루타메이트 못지않은 지옥을 맛보일 수 있는 것이다.

방향을 틀었다. 조사실에 있는 건 강토와 반 검사, 사성 성조에 익숙한 왕펑의 비명소리를 소나타로 삼는 것 청각이 괴로울 일이었다.

'기왕이면 부드럽게!'

나도 알고 보면 부드러운 남자니까.

여기저기서 주워들었던 조크와 함께 선택한 목적지는 전두엽이었다. 전두엽, 망가지면 바로 치매 당첨이지만 살짝 건드리면 재미난 현상이 일어난다. 비판과 의심 기능을 거의 상실하는 것이다.

예를 들면 사랑에 빠진 사람들이다. 사랑에 빠지면 전두엽이 일시정지 되는 것 같은 현상이 일어나는데 소위 첫눈에

빽 가면 거의 맹목적이 된다. 상대방에 대해 의심하지 않고 무조건 믿어버리는 게 바로 그것이었다.

'실시!'

강토는 부드럽게, 명령어를 날렸다. 주인의 의지를 받은 매직 뉴런들은 솜사탕처럼 달콤하게 시냅스를 뻗었다. 왕평의 얼굴 근육이 펴지는 게 보였다. 뭔가 이상한지, 그는 미간을 찡그리지만 이미 뇌를 장악당한 마당에 속절없었다.

"선종일……."

마침내 왕평의 입이 열렸다.

강토의 수고를 덜 생각인지 그의 자백은 숨김이 없었다. 사주를 한 사람과 대가까지 까발린 것이다. 다만, 아쉬운 건 그가 노중권의 이름을 모른다는 사실이었다. 중국 현지법인에서 만날 때 단지 '최고 높은 사람'으로만 안 모양이었다.

"사진을 보여주시면……."

강토는 기다렸다는 듯 힌트를 주었다. 반 검사가 노중권의 사진을 화면에 띄웠다.

"이 사람 맞습니다."

왕평은 순순히 시인했다. 어울리지 않게 부드러운 목소리에 볼까지 살짝 붉어진 왕평. 전두엽 효과는 여전히 진행 중이었다.

"왜 죽였나?"

"그런 건 묻지 않는 게 이 바닥 상식입니다."

왕평이 고개를 저었다.

"그래도 물어봐야 하는 게 이 바닥 상식이야."

반 검사의 손바닥이 테이블을 두드렸다. 여기는 반 검사의 홈그라운드인 검찰청. 그걸 인식시키려는 것이다.

"유 수사관 들어와."

조사를 마친 반 검사가 참관실 벽을 향해 말했다. 유 수사관은 두 명의 수사관과 함께 들어섰다. 두 수사관은 왕평을 데리고 나갔다.

"수사관 대동해서 중국 좀 다녀와야겠어."

"지금 말입니까?"

유 수사관이 물었다.

"그래. 지금 당장!"

반 검사의 발음은 명쾌했다.

"구속입니까?"

반 검사와 둘만 남은 강토, 반 검사를 보며 물었다.

"당연하지."

"노중권인데요?"

"봐주자는 뜻은 아닐 텐데?"

"물론 아니죠."

"저번에 못 건드렸다고 우려하는 모양인데 이건 사안이 달

라. 노중권은 이제 뒈졌어. 이거 환경호르몬 건으로 회사 간판 내릴 것 같으니까 뒤에서 사주한 거잖아? 내가 책임지고 박살 내주지."

반 검사의 목소리에 힘이 들어갔다. 기소에 자신이 있다는 뜻이었다.

"반 검사님 다치는 거 아닙니까?"

"다치면 옷 벗고 변호사하면 되지."

"둘 다 구속이겠죠?"

둘 다는, 노중권과 현지 사장을 의미했다.

"당연하지."

"그럼 부탁합니다."

"고마워. 동시에 미안해."

"예?"

"이 건 말이야, 초대형 사건을 눈 뜬 장님으로 흘려보냈으니⋯⋯."

"따지고 보면 이 일도 필연이었던 것 같군요. 검사님이 이성표 팀장님을 소개해 줬고⋯ 그분과 연이 닿다 보니 우연히 이규리와 뇌파가 맞는 바람에⋯⋯."

"설마 이규리에게 빽 가서 뇌파 맞춰본 건 아니지?"

"푸훗!"

"농담이야. 강토 씨 정도면 미스 코리아 꼬시는 것도 문제

없을 사람이니…….”

“미스 코리아요?”

“그렇잖아? 미스 코리아 대회에 나온 미인들……. 한둘이
아니니 누군가는 뇌파가 맞겠지. 그러면 게임 끝나는 거 아니
야.”

“그건 너무 오버입니다.”

“뭐가 오버야? 내가 강토 씨면 백 번도 더 해보겠다. 내 마
음에 드는 여자 고르는 게 그리 쉬운 줄 알아?”

“검사님 정도면 어려울 것도 없잖아요? 아무리 판검사 값
이 떨어졌다고 해도 여기저기서 줄을 설 텐데…….”

“말 나온 김에 좀 도와줄 거야?”

“뭘요?”

“주변 성화 때문에 귀족 파티라는 데에 등 떠밀려 나가게
되었는데 나한테 꽂힌 영감탱이들이 아가씨들 좀 풀 모양이
야. 그러니까 같이 가서 간택 좀 해줘. 누가 정말 진심으로
나를 좋아하는지.”

“영감탱이라면?”

“원로 검사들 말이야. 내가 만나던 여자랑 찢어진 걸 알고
는 자꾸 쑤셔들 대는 통에…….”

“제가 그럴 자격이 있나요?”

“이거 왜 이래? 솔직히 나, 강토 씨는 믿거든.”

"뭘 믿고 저를 믿죠?"

"아, 나랑은 뇌파도 맞는다면서 왜 이래? 못 믿겠으면 내 머리 들여다보라고."

반 검사가 머리를 들이밀며 웃었다.

"좋아요. 노중권 깔끔하게 처리해 주시면 한번 해보죠. 여자가 많으면 한두 명은 뇌파가 맞겠죠."

"오케이, 약속한 거다!"

반 검사가 웃었다. 강토도 웃었다.

"형!"

주차장으로 나오자 덕규가 손을 흔들었다.

"오래 걸리면 철수하라니까 아직까지 있었냐?"

"의리가 있지 그럴 수 있나."

"고맙다."

"어떻게 됐어?"

"일타쌍피다!"

"일타쌍피?"

"중국 팀들이 뜻밖에도 노중권하고 연결되었어."

"노중권이면 형 아버지 털어먹은 나쁜 놈?"

"그래."

"그 인간도 공범이야?"

"몇 사건 중에 하나의 배후인 거 같다."

"크헐, 나쁜 인간들은 골고루들 연결되는구나."

"그런 거 같은데?"

"그럼 한 번에 밟아줄 수 있는 거야?"

"반 검사님 한번 믿어봐야지?"

강토는 조수석에 올랐다. 안전벨트를 매자 까무룩 잠이 쏟아졌다. 긴장감 때문에 에너지를 너무 퍼부은 모양이었다.

"나 한잠 잔다."

"오케이, 세계 최고의 안전운전으로 벙커까지 모시겠습니다."

덕규는, 소리도 없이 차를 몰고 나갔다.

내리 잠을 잤다. 꿈도 꾸지 않았다. 그저 깊은 나락으로 내려가는 느낌만 들었다. 피로가 풀리자 강토는 번쩍 눈을 떴다. 벙커였다. 덕규는 보이지 않았다. 시간을 확인하니 저녁 7시.

'내가 하루도 넘게 잤나?'

핸드폰 날짜를 확인했다. 그건 아니었다. 몇 시간 정도 달콤하게 잔 모양이었다.

'컵라면이라도 사러 나갔나?'

샤워장은 조용, 화장실도 조용. 계단을 향해 귀를 기울이는데 전화기가 울렸다. 아버지였다.

"아버지?"

강토는 담담하게 전화를 받았다.

"어디냐?"

아버지가 물었다.

"집인데요?"

"바쁘냐?"

"아뇨. 지금은 괜찮습니다."

"그럼 잠깐 올 테냐?"

"지금요?"

"바쁘면 다음에 와도 되고……."

"무슨 일… 생겼어요?"

"아니, 오랜만에 우리 아들하고 막걸리라도 한 대접할까 하고……."

"회사로요?"

"응."

"갈게요."

강토는 대답을 마치고 전화를 끊었다. 강철 문을 열고 밖으로 나왔다.

야옹!

담장 위에서 뭔가를 노려보던 그레옹이 반색을 하며 뛰어내렸다.

"식사 찾고 있냐?"

야옹!

"덕규 못 봤어?"

야옹!

강토가 묻자, 회색고양이는 저만치 골목까지 달려가서 강토를 돌아보았다. 이쪽으로 갔다고 알려주는 것 같았다.

'사무실로 갔나?'

그제야 전화를 거는 강토. 차도 보이지 않았기 때문이었다.

"형!"

빵빵!

짧은 경적과 함께 덕규가 도착했다. 양반되기는 글러먹은 놈이었다.

"어디 갔던 거야?"

"아, 좀 푹 자지 뭣하러 벌써 일어나? 나 사무실 지키고 있었어."

"사무실?"

"우리 사무실이잖아? 계속 비워두면 안 될 거 같아서……."

설명하는 덕규의 볼에 자부심이 엿보였다. 그 마음이 고마워 강토는 피식 웃어버렸다.

"형네 아버지 회사?"

강토가 조수석에 오르자 덕규가 물었다.

"응, 밥 사신다네?"

"나도 꼽사리 끼어도 돼?"

"당연하지."

"헤헷, 땡큐!"

"그나저나 우리 직원도 좀 보강해야겠네. 아쉬운 대로 여직원이라도."

"여직원?"

강토의 말에 덕규가 총알처럼 반응했다.

"당장은 일이 많지 않지만 우리 둘이 외부에서 돌다 보면 사무실이 늘 빌 거 아냐? 사람 없는 사무실은 좀 사기성으로 보이지 않냐?"

"여직원은 무조건 콜!"

"아는 여자라도 있냐?"

"세경이 스카웃할까?"

"세경이?"

"걔 너무 미용실에서 눈칫밥 먹나보더라고. 미용 솜씨가 그저 그래서 다른 데 갈 데도 마땅치 않고."

"하긴 전에 우리 일도 그렇고… 우리 내부 지킴이로는 딱이긴 하네?"

"응! 내 말이……."

덕규가 고개를 끄덕거렸다. 우리 일이란 강토와 덕규의 치부였다. 같은 건물에 사는 세경이, 열혈 청년의 치기와 치부를 여러 번 보았다. 한 번은 강토와 덕규가 집 출입구 옆에 오바이트를 한 적도 있었다. 연속되는 취업 실패로 속이 상해 밤새 달렸던 것. 그걸 세경이에게 딱 걸리고 말았다.

다음 날 난리법석이 났다. 주인이 육두문자를 날리며 범인 색출에 나선 것. 의심의 화살은 강토와 덕규에게 돌아왔지만 세경이 덕분에 면피를 했다. 주인이 그녀에게 물었지만 고개를 저은 것이다.

그것 외에도 세경의 함구무언 진수를 확인한 적은 많았다. 그러니 여느 여자와는 확실히 무게감이 다른 세경이었다.

"그럼 네가 의향 떠보고 면접 봐라. 연봉은 한 4천 던져놓고."

"그, 그렇게 많이 줘도 돼?"

"그만큼 시켜먹어야지."

"알았어. 내가 이따가 당장 연락해볼게."

신바람이 난 덕규는 점점 더 속도를 높였다.

강토는 가면서 생각했다. 사실은 쓸 만한 남자 직원 보강이 우선.

'약간 여유가 생기면 공채라도……'

할 일이 자꾸 쌓여갔다.

"여길 텐데?"

파전집 앞에 도착한 강토는 가게 앞에서 주춤거렸다. 가게 안에 아버지가 없었기 때문이었다.

"다른 가게 아니야?"

"아니, 분명 여기 계시다고 했거든."

확인을 위해 핸드폰을 뽑아드는 순간, 와아 하는 소리와 함께 막걸리 세례가 쏟아졌다.

"형!"

덕규가 제 몸으로 막걸리를 막았다. 그런 덕규에게도 막걸리는 폭포를 이루며 날아들었다. 겨우 시야를 확보하고 보니 아버지의 직원들이었다. 자그마치 20여 명. 작업복 차림의 그들은 막걸리 병을 낀 채 강토에게 박수를 보내주었다.

짝짝짝!

그 뒤로 아버지가 등장했다.

"아버지!"

"괜찮냐?"

아버지가 앞으로 나왔다.

"무슨……."

강토가 어리둥절해 하자 석 과장이 대표로 말했다. 강토와도 아는 사람이었다.

"오늘 우리 이 사장님이 경영권 회복하고 바지사장을 면했

다네. 사장님 말씀이 자네 덕분이라기에 고마움 전하려고 왔
다네. 천하무적 직원 사랑 우리 사장님 회사 찾아줘서 고맙
고 우리에게도 다시 함께 일할 기회를 줘서 고맙네."

짝짝짝!

다시 박수가 쏟아졌다. 박수 소리가 너무 뜨거워 눈시울이
쾽해지고 말았다. 그래도 다행이었다. 막걸리가 눈까지 들어
가는 바람에 눈물이 맺히는 건 감출 수 있으니까.

이어서 선물 공세가 터졌다. 옛 동지이자 직원들이 성심껏
사온 마음의 징표였다.

―운동화!

―손수건!

―허리띠!

―양말 세트!

―속옷 세트!

―그리고 로션까지.

값으로 치면 얼마 되지 않는 것들이지만 아버지를 아는 사
람만이 사올 수 있는 정감어린 것들이었다.

"하핫, 저는 가장 실용적인 것으로……."

마지막 직원이 내놓은 건 사주봉투였다.

"홀아비 생활 지긋지긋하면 말씀만 하세요. 바로 소개팅
들어갑니다."

그 말을 들은 직원들은 입을 모아 웃었다.

"애썼다!"

아버지가 강토의 어깨를 잡았다.

"괜찮아요. 대신 캄보디아 학교는 잊지 마세요."

"그건 걱정마라. 이 친구들이 그것도 도와주기로 했으니까."

아버지가 직원들을 바라보았다.

"정말요?"

강토가 석 과장을 바라보자,

"당연하지. 아, 그 좋은 일을 사장님만 하시면 샘나서 되나? 우리도 당연히 끼워주셔야지."

하며 석과장이 너스레를 떨었다.

"자자, 오래 기다렸으니 한우 도가니로 몸보신 좀 합시다. 잘 먹어야 일도 잘하는 법. 대신 막걸리는 각 일 병씩입니다."

좌중을 압도한 아버지가 막걸리를 들고 소리쳤다.

"아따, 걱정 마십시오. 기계며 공정이며 손볼 데가 많아서 술 먹고 헤롱거릴 시간도 없습니다."

자리를 잡은 엔지니어들이 화답했다.

"자자, 우리 사장님과 다물을 위해 건배!"

석 과장이 나서 바람을 잡았다. 강토와 덕규도 덩달아 사발을 높이 들었다. 앞자리의 아버지가 찡긋 윙크를 해왔다.

강토는 시원하게 잔을 비워내고 아버지에게 한 잔을 따라주었다.

"파이팅이에요!"

강토가 말했다.

"너도 파이팅이다!"

아버지가 화답했다.

*　　　*　　　*

2차!

아버지와 난생 처음 하는 2차였다. 직원들은 모두 집으로 갔고 덕규 역시 먼저 귀가시켰다. 2차는 아버지의 전격 제안이었다. 아무래도 뭔가 따로 할 말이 있는 듯 보여 강토도 콜을 받았다. 아버지가 간 곳은 막 다방이었다. 거기서 계란 노른자가 동동 뜬 쌍화차를 시켰다.

"한번 마셔볼래?"

아버지의 제안. 별로 내키지 않았지만 호기심이 발동해 콜을 받았다.

쌍화차가 나왔다. 건더기가 많았다. 그 위에 정말, 노른자가 보름달처럼 살포시 엿보였다. 이게 차야 뭐야 싶었다.

"마셔보렴."

아버지가 먼저 잔을 들었다. 강토도 따라들었다. 싸아한 약 냄새가 후각을 스쳐갔다. 맛은 감기몸살 때 얻어먹은 쌍화탕 드링크와 별로 다르지 않았다.

"어떠냐?"

"먹을 만한 데요?"

"전에 바쁠 때는 이게 내 아침 식사였다."

"예? 아침요?"

"혹은 해장국이고."

"……?"

"네 엄마 요리 솜씨 하나는 꽝이라는 거 알지? 그래서 아침 거르고 나가는 게 습관이었지만 이거 먹으면 견딜 만했거든."

"아버지가 원래 아침 안 좋아한 게 아니고요?"

강토가 물었다. 강토는 그렇게 알고 있었다.

─아침 먹으면 왠지 속이 거북해서.

실제로 그런 말도 여러 번 들은 강토였다.

"요리 못 하는 네 엄마 괜히 귀찮게 할 필요 뭐 있냐? 그래서 한 말이었는데 나중에는 그러려니 되어버렸지?"

"……?"

"왜? 감동이냐?"

아버지가 웃었다. 그 미소가 왠지 가슴을 찔러왔다.

"몰랐어요. 저도 아버지가 아침을 안 좋아하는 걸로……."

"괜찮다. 다 지난 일이다."

"아버지……."

"이게 계란 노른자 때문에 나름 든든하지. 게다가 몸에 좋은 약재가 많이 들었으니 술 먹은 다음 날에는 해장도 되었거든."

"네……."

아버지가 화제를 돌리자 강토도 그냥 따라갔다. 그게 좋을 거 같았다.

"요즘 젊은이들이야 이런 거 안 좋아하지. 그런데 그거 아니?"

"……?"

"아버지도 너처럼 어릴 때는 이거 안 좋아했다."

"예……."

"그런데 어느 때부턴가 이게 땡기는 거야. 먹을 때는 좀 그렇지만 먹고 나면 속이 편해지는……."

"많이 먹어봐야 맛을 알게 되는 건가 보군요?"

"세상도 그런가 보다. 다 아는 거 같지만 겪어보면 또 모르는 거 투성이……."

"그런 거 같아요. 아버지의 아침 식사도……."

"나는 그것보다 우리 강토가 많이 변한 거 같아서."

"조금 그런 모양이에요."

"그게 꼭 쌍화차 같단 말이지."

"예?"

"내가 아는 강토는 착하고 성실하고 평범한 편에 속했는데 어느 날 문득 저만큼 높은 곳에 서 있는 거 같잖아."

"높은 건 아니지만 아버지가 모르는 것도 많은 건 사실이에요."

"그래. 사실 나, 이 쌍화차 오래 마셨지만 안에 뭐뭐가 들어가는 지도 모른단다."

"……."

"그래서 반성 중이다. 겉만 보고 강토 너를 다 아는 것처럼 생각했던 거."

"저도 아버지 모르는 거 많은 데요 뭐."

"예나 지금이나 아버지가 할 말은 하나뿐이야."

"쪽 팔리게 살지마라!"

"아는구나?"

"당연하죠. 아버지 아들인 걸요."

"그러면서 정작 나는 너한테 쪽 팔리게 살았지. 교도소도 다녀오고……."

아버지의 눈매에서 회한이 묻어나왔다. 전과자가 된 아버지. 어찌 아들에게 자랑스러울 수 있을까? 하지만 강토 생각은 달랐다.

"아버지, 그거 아세요."

아버지의 마음을 헤아린 강토가 질러나갔다.

"응?"

"그때 저, 아버지 무지 자랑스러웠어요."

"응?"

"노중권 찔러 버린 거 말이에요. 한 번도 아버지가 전과자라서 부끄러웠던 적 없어요."

"강토야."

"이런 자리라고 그냥 드리는 말 아니에요. 그랬기 때문에 아버지는 교도소 안에서도 제 자랑이었거든요."

"하핫, 이거 우리 강토⋯⋯. 진짜 내 아들인가 싶단 말이지. 아주 거목이 되어버렸구나."

"거목은 아니고요⋯⋯. 혹시 김광술이나 노중권 쪽에서 압력 같은 건 안 들어왔어요?"

"김광술 쪽에서 사람이 오긴 했었지."

"뭐라고 하던가요?"

"무슨 수작을 부린 건지 모르지만 얼마나 갈지 두고 보자는 식으로 말을 하길래 내가 퍼포먼스 한 번 해줬다."

"퍼포먼스요?"

"얼굴 들이밀고 지금 실컷 보고 가라고 했지. 시간 지나면 바빠서 다시 볼 일도 없을 거라고."

"아버지다우시네요."

"내 걱정은 말아라. 그때야 우직해서 당했지만 아버지도 풍파에 많이 닳았단다. 사실 교도소에서 사기범, 경제범들과 한 방 쓰면서 배운 것도 많고. 이 꼴 저 꼴 보기 싫어서 그냥 살 생각이었는데 다시 황야로 나왔으니 배운 건 다 써먹어야지."

"그래서 거길 학교라고 하나보죠?"

"그게 또 그렇게 되나?"

아버지가 웃었다. 아주 자연스러운 여유였다.

"저 작은 사무실 하나 냈어요. 아는 분이 싸게 알선해 주는 바람에……."

"잘 했다. 너는 잘할 거야."

"그리고 노중권 말이에요, 어쩌면 곧 구속될 지도 몰라요."

"구속?"

"아직 확정된 건 아닌데… 아는 검사가 혐의를 잡고 뒷조사에 들어갔거든요."

"어이쿠, 이거 우리 아들 인맥이 장난이 아니구나. 이제 검사까지 알고 지내고……."

"그냥 그렇게 됐어요. 자세한 건 추이를 봐서 또 말씀드릴게요."

"강토야!"

"예?"

"이제 내 걱정은 안 해도 된다. 아버지도 홈그라운드로 복귀한 거야. 이쪽 분야에서는 아버지가 최고인 거 알지?"

"물론이죠."

"그런 의미에서 찻값은 내가 쏜다. 사장이라고 접대 카드도 있거든."

"으악, 그럼 비싼 데로 갈 걸 그랬네요."

"억울하면 한 잔 더 마시든지."

질세라 아버지가 장단을 맞춰왔다.

"좋아요. 그럼 우리 한 잔씩 더 마시고 두 배로 열심히 살기예요."

"오냐, 아가씨, 여기 쌍화차 두 잔 더!"

아버지의 목소리는 더 없이 활기차게 들렸다.

"우워어어어!"

다음 날 강토네 사무실에서는 비명 같은 환호가 터져나왔다. 덕규가 주인공이었다.

"으아악, 이게 얼마야? 동그라미가 몇 개야?"

덕규가 흥분한 건 입금액 때문이었다.

별생각 없이 통장을 확인하던 강토, 이성표에게서 들어온 입금액을 본 것이다.

"일 십 백 천 만 십만 백만 천만 억…… 으워어!"

덕규는 거품을 물고 자지러졌다. 왜 안 그럴까? 그동안 덕규가 보아온 숫자는 기껏해야 동그라미 여섯 개 단위였다. 그나마 입금과 거의 동시에 차 떼고 포 떼고 나면 남는 건 기십만 원 정도. 그러던 차에 천하무적 같은 숫자가 찍힌 입금액을 보았으니 어찌 흥분하지 않을까?

"형, 이거 진짜 형이 번 돈이야?"

"그럼 게임머니일까?"

강토가 웃으며 응수했다.

"으아, 형 진짜 존경스럽다. 나 이 통장에 막 키스하고 싶은 거 있지?"

"너도 잘 벌게 해줄 테니까 정신줄이나 챙겨라."

강토는 덕규의 등짝을 힘껏 쳐주었다.

똑똑!

잠시 후에 노크가 들렸다.

"세경이 왔나본데?"

화분을 정리하던 덕규가 고개를 들었다. 그사이에 알음알음 들어온 축하 화분이 꽤 되었다. 이강토, 그래도 인기 꽝은 아닌 모양이었다.

"오늘 오기로 했냐?"

"형이 허락하길래 내가 어제 먼저 오다가 만났어. 세경이도 은근 마음이 있는 거 같길래 한번 와보라고 했지 뭐."

"그럼 면접은 네가 봐라."

"내가 왜? 형이 대표잖아?"

"야, 이런 건 실무 책임자가 보는 거야. 너 그룹 같은 데서 회장이 여직원 면접 보는 거 봤냐?"

"그건 그러네?"

"난 보고만 있을 테니까 제대로 해봐. 피면접자 경험 많잖아?"

"헤헷, 그렇긴 하지. 형하고 나하고 면접 좀 많이 봤나?"

덕규가 뒷목을 긁었다. 이렇게 돌아보니 추억이 되어버린 취업 면접이었다.

"안녕하세요?"

안으로 들어선 세경이 인사를 해왔다. 덕규가 면접이라고 말을 한 건지 미용실에서 보던 옷차림과는 달리 조신한 복장이었다.

"1번 수험생 우세경 씨?"

덕규의 목소리에 힘이 들어갔다.

"예?"

엄숙한 목소리에 다소 당황하는 세경.

"거기 앉으세요."

덕규가 의자를 권하자 단정하게 엉덩이를 걸쳤다.

"에, 우리 회사에 입사하고 싶으시다고요?"

덕규는 계속 면접 모드로 나갔다.

"네……."

"우세경 씨는 뭘 잘하나요?"

"잘하는 건 없는데요."

"그럼 곤란한데… 스펙은 어떻게 되죠?"

"어릴 때 몸이 약하다고 태권도 오래 배워서 공인 3단이고요, 운전면허, 미용사 자격증… 뭐 그런 거밖에 없어요."

"우리 회사업무는 좀 위험한 편에 속하는데 괜찮겠어요?"

"두 분이 차린 회사면 위험할 수도 있겠네요."

"……."

세경의 직격타를 맞은 덕규는 말문이 막혔다. 한 집의 다른 층에 살면서 대략 라이프 사이클을 파악하고 있는 세경이었으니 틀린 말도 아니었다. 물론, 지금 변한 상황은 잘 모르고 있지만.

"큼큼, 우리 회사에 합격하면 커피도 탈 수 있나요?"

"왠지 안 타면 안 될 거 같은 분위기인데요?"

"탈 용의가 있다?"

"진짜 연봉 4천 넘게 주면 뭔들 못하겠어요. 대신 맛은 보장 못 해요."

"형, 아니 실장님… 합격시킬까요?"

거기까지 잘 나가던 덕규, 목소리가 풀리며 강토를 돌아보았다. 강토가 어깨를 으쓱해 보이자 덕규는 제 멋대로 소리를 질렀다.

"합껴억!"

"오빠!"

"왜? 싫으냐?"

"강토 오빠가 사장님이라면서?"

세경이 강토를 돌아보았다.

"우리 회사… 좀 빡셀지도 몰라. 진짜로 위험한 일도 맡을 수 있고… 그래도 가족처럼 일할 생각 있으면 와서 좀 도와줘. 연봉은 최대한 맞춰줄게."

결국 강토가 나서고 말았다.

"덕규 오빠한테 대충 말은 들었는데… 그 말은 마음에 안 들어요."

"무슨?"

"가족처럼… 그런 회사들 말로만 그러면서 얼마나 빡센 줄 알아요? 우리 미용실도 원장님이 자기 동생하고 같이 운영하는데 가족은 무슨……"

크헐!

생각 없이 한 말에 또 한 방 얻어맞는 삐 컨설팅 창업 멤버들. 그러나 전격 공감하는 말. '가족처럼'은 비가족에겐 쥐약

같다는 거 강토도 잘 알고 있었기 때문이었다.

"아무튼 일할래요. 저도 아줌마들 비위 맞추는 일에 질렸거든요."

세경이 웃었다. 면접은 그쯤에서 끝났다. 느닷없는 방문객 때문이었다.

"……?"

업무를 알려주던 강토, 두 번째 노크와 함께 들어선 사람을 보고 소스라치고 말았다. 육 비서관을 대동하고 들어선 사람은 바로 장철환이었다.

"장 고문님!"

강토가 일어나 인사를 했다. 덕규 역시 허리를 굽혔다.

"사람, 개업을 하면 했다고 연락을 해야지."

장철환이 사무실을 돌아보며 말했다.

"죄송합니다. 딱히 소란 떨고 싶지 않아서……."

강토가 나서 설명을 했다.

"그게 말이 되나? 삐 컨설팅이 보통 회사야? 우리 일을 맡아주는 회사인데……."

"누추하지만 앉으시겠습니까?"

강토가 안쪽 상담실로 자리를 권했다.

"차 드릴까요?"

"아닐세. 그냥 앉으시게."

장철환이 고개를 저었다. 청와대 일. 사람이 오가는 게 마땅치 않을 것 같아 덕규에게 신호를 주었다. 세경이는 물론 접근 금지였다.

"어쩐 일로 오셨습니까? 저를 부르셔도 될 텐데……."

앞자리에 앉은 강토가 조심스레 물었다.

"어쩐 일이라니? 우리 계약 잊었나?"

'계약?'

"설마 바빠서 못 하겠다고 오리발 내미는 건 아니겠지?"

"그럴 리가요."

"육 비서관, 스케줄 설명 드리시게."

장철환이 공을 육 비서관에게 넘겼다.

"이번 청와대 수석 교체는 두 명입니다. 원래 비서실장을 포함해 3—4명 예상했는데 대폭 물갈이가 되면 대통령께서 괜한 오해나 구설수에 오를 수 있기에……."

육 비서관이 설명을 시작했다.

"일단 대통령과 당, 그리고 주변에서 올라온 후보들을 상대로 검증을 마치고 추려놓은 상태입니다. 검증 과정에서 부적격자 여섯 명이 탈락되었고 남은 후보자는 총 다섯 명……. 그들 중에서 두 분과 세 분으로 나뉘어 면접이 실시될 예정입니다."

"……."

"면접은 2단계로 구성해 두었습니다. 이 실장님은 첫 단계에서 대통령 추천 면접관 4인의 한 사람으로 참여하고 2단계는 우리 고문님과 대통령께서 결정하십니다."

2단계 면접!

거기에 더한 대통령 추천 면접관 4인. 어쩌면 그건 강토를 위한 배려로 보였다. 추천 면접관이 네 명이라면 누가 불합격을 던졌는지 알기 어려운 일. 그만큼 보안이 강화되는 것이다.

"아, 지난번에 참여하신 사주 전문가 계시죠? 원하신다면 그분 자리도 마련할 수 있습니다만."

"아닙니다. 번거로우실 테니 이번에는 저 혼자 참여하도록 하죠."

"그럼 3일 후에 청와대로 와주시기 바랍니다."

육 비서관이 설명을 끝냈다.

"다른 주문 사항은 없나요?"

강토가 장철환을 바라보았다.

"이 실장의 뇌파가 후보자 모두에게 통하기를 바랄 뿐이네만 혹 뇌파가 안 통하는 사람이 있으면 판정란에 아무 표기도 하지 마시게나."

"알겠습니다."

"이 일 역시 보안일세."

"명심하겠습니다."

"그럼 그날 보세."

장철환이 일어섰다. 강토는 혼자 나가 둘을 배웅했다. 둘은 단출하게 온 것 같았다. 경호원이라든가 경찰 통제 같은 것도 보이지 않았다.

"형!"

덕규는 계단에 나와 있었다.

"쉿, 그냥 손님이 다녀간 듯 자연스럽게!"

"오더 떨어진 거야?"

"그래."

"오매, 벌써부터 긴장되네."

"처음도 아닌데 무슨 긴장? 등 펴라!"

강토는 덕규의 등을 밀었다. 안으로 들어서기 무섭게 강토 책상의 전화기가 울었다. 수화기를 집어 드니 반 검사 목소리가 흘러나왔다.

"강토 씨?"

"아, 반 검사님!"

강토는 의자에 앉기 위해 등받이를 당겼다. 하지만 그 손은 거기서 멈추고 말았다. 반 검사의 목소리 때문이었다.

"대형 사고가 터졌어. 괜찮으면 지금 좀 볼 수 있을까?"

"대형 사고요?"

"융진토이 말이야, 중국에 급파된 우리 직원들이 현지 사장을 압송하는 과정에서 초대형 사고가 터졌단 말이지."

"……?"

강토의 숨소리가 거기서 멈췄다.

초대형 사고!

그렇다면 노중권 기소는 물 건너로?

제3장
무의식에 도전하라

"대체 무슨 일인데?"

도로에 올라선 덕규가 물었다.

그 역시 강토 못지않게 긴장하고 있었다. 차는 신호를 건넜다.

"아직은 몰라. 반 검사님이 자세한 얘기는 해주지 않았으니까."

강토는 뉴스를 검색하고 있었다. 이런저런 검색어를 넣었다. 그래도 반 검사가 말한 사건은 나오지 않았다. 주르륵 이어진 건 융진토이의 장난감 환경호르몬으로 인해 일어난 부작용들이었다.

〈어린이 사망 12명〉

그제야 사망자 숫자를 보게 되는 강토. 그동안 노중권에만 포커스를 맞추었지 융진토이 사건 자체에 대해서는 큰 관심을 가지지 않았던 강토였다.

사망자만 있는 건 아니었다. 그로 인해 장애를 가진 아이들도 있었고, 심지어는 그들 부모 중에도 피해를 입은 사람이 있었다.

내친 김에 몇 기사를 더 읽었다.

회사 측 대응은 황당할 정도로 뻔뻔했다. 유족들에게 이렇다 할 사과나 피해보상도 하지 않았고 개별적 소송에 대응할 뿐이었다.

법원이 보상하라면 하고, 아니면 말고!

완전 배째라였던 것이다.

그 황당 뚝심의 근거가 바로 선종일 박사의 독성 실험 결과였다. 그는 한국 최고의 독성 물질 분석가. 그가 내놓은 인체 무해 결과. 그의 말이면 그 분야에서는 곧 법이었으니 피해자들에게는 날벼락이나 다름이 없었다.

"다 왔어!"

그사이에 병원이 가까워졌다. 반 검사가 말한 병원이었다. 강토는 전화기를 들었다. 신호음이 채 울리기도 전에 반 검사가 받았다.

"어디시죠?"

"아, 여기 보이지? 주차장 끝 쪽!"

고개를 드니 반 검사가 손을 흔드는 게 보였다. 미리 강토를 기다리고 있었던 모양이었다.

"빨리 왔네?"

강토가 내리자 반 검사가 다가왔다.

"무슨 일이신지?"

"잠깐 보자고."

반 검사가 강토를 끌었다. 덕규는 차에 남았다.

"……!"

주차장 끝에서 반 검사의 이야기를 들은 강토는 사색이 되었다. 과연, 초대형 참사였다. 긴급 압송 중이던 중국 현지 공장 사장, 한강이 가까운 다리 위에서 차가 서행하는 사이에 문을 열고 투신한 것이다. 그 아래는 수십 미터의 공원. 거꾸로 곤두박질친 사장은 의식을 잃고 병원으로 옮겨졌다. 그야말로 초대형 사고. 자칫하면 검찰이 무리한 압송을 했다고 독박을 쓸 여지까지 있었다.

"안타깝군요."

"그러게 말이야. 수사관들이 전화로 내게 보고하는 사이에 일어난 일이라……."

반 검사가 고개를 저었다.

"그 사장 상태는 어떤가요?"

"조철주 사장… 빌어먹게도 뇌진탕 진단이 나왔어. 사경을 헤매고 있는데 의식이 돌아오지 않으면……."

'뇌진탕?'

"일이 이렇게 되니 노중권이 자청해서 출두를 하겠다는군."

"노중권이요?"

"소환장 보내놨거든. 처음에는 국제 계약이다 뭐다 해서 몸을 사리더니… 조철주 소식이 귀에 들어간 거 같아. 우리가 코너에 몰렸을 때 면죄부를 받겠다는 속셈이겠지."

"……."

"강토 씨에게 면목 없게 되었어. 완전히 차려준 밥상이었는데……."

"포기… 하는 건가요?"

강토가 물었다.

"그럴 것 같으면 강토 씨 부르지도 않았지. 포기 선언이야 내 마음대로 해도 되는 거니까."

"그럼?"

"수사관들 말로는 아무래도 뭔가 있다는 거야. 당시 사령탑이던 노중권이나 서울 본사 차원, 혹은 배후 세력의 장난말이야."

"하지만 오는 도중에 차에서 뛰어내렸다면서요?"

"그게 말이야 조철주가 인천공항에서 화장실에 들렀는데 그때가 좀 이상하다는 거야. 아무래도 거기서 무슨 지시를 받았나 싶어서."

"지시오? 전화기는 압수했을 거 아닙니까?"

"했지. 그래서 내가 여기 오기 전에 인천공항 화장실을 들렀는데 좀 이상하긴 하더군. 한쪽 벽의 공간에 잉크 지운 흔적이 있었어. 마치 누가 글자를 박박 지운 듯이 말이야."

"……?"

"반 검사님 생각은 노중권의 사주라는 겁니까?"

"그건 나도 몰라. 다만 추측하는 것뿐."

"……."

"그래서 말인데 강토 씨, 혹시 뇌진탕 환자에게는 뇌파 독심이 안 될까?"

"예?"

"미안. 일이 급하다 보니 별생각을 다 하지? 하지만 그게 가능하면 오히려 전화위복이 될 수 있어서 말이야."

'전화위복?'

"노중권이 제 발로 출두를 한다잖아? 그 자리에서 뒤통수를 칠 수 있는 기회지."

"그렇군요."

"안 돼?"

반 검사가 강토를 바라보았다. 강토는 대답하지 못했다.

뇌파 독심!

반 검사는 그렇게 알고 있다. 아니, 이제 강토 주변 사람들은 대부분 그렇게 알고 있다. 그들이 아는 한, 강토의 뇌파 독심은 될 수도, 안 될 수도 있었다. 뇌파가 맞아야 한다는 옵션을 강조한 덕분이었다.

하지만 강토를 난감하게 하는 건 따로 있었다. 뇌파야 맞았다고 하면 그만이지만 상대는 뇌진탕에 빠진 사람. 그러니까 팩트는 의식이 없다는 것.

'눈은 감았을 것이고……'

강토는 생각에 잠겼다.

눈은 물론 강제로 열 수 있었다. 눈꺼풀을 올리면 그만이었다. 유사한 경험을 더듬었다. 장철환의 노모가 나왔다. 그녀의 질병 루이체 치매.

그때 강토는 그녀의 뇌를 장악할 수 있었다. 그렇다면 이번에도?

'될까?'

의문이 앞섰지만 강토의 입은 반 검사가 원하는 방향으로 열리고 말았다.

"해보죠!"

차라락!

칸막이가 둘러졌다. 중환자실이었다. 의료진의 허락은 반 검사가 구했다.

의료진 중의 한 명과 안면이 있는 모양이었다. 검사 신분 또한 일조를 했다.

조철주!

머리가 부었다. 다행히 깨지지는 않았다. 얼굴도 선량해 보였다. 융진토이의 중국 법인 대표자.

기업인으로서는 괜찮은 자리를 차지한 사람이었다. 그래서 좀 슬펐다.

'어째서……'

높은 자리에 있는 사람들은 아래를 보지 못하는 것일까?

'강토 씨!'

시선이 고정된 강토에게 반 검사의 눈빛이 날아왔다. 시작 하라는 재촉 같았다.

"잠깐 나가 계시겠습니까?"

강토가 나지막이 말했다.

반 검사는 고개를 끄떡해 보이고는 두 말없이 칸막이 밖으로 물러났다. 강토의 눈에 조철주의 머리가 클로즈업되기 시작했다.

무의식!

완전하게 맞이 간 사람!

그런 사람에게도 매직 뉴런의 시크릿 메즈는 통할 수 있을까?

강토는 손에 들린 작은 생수병을 보았다. 조철주 머리맡의 티슈 한 장을 뽑았다. 물을 적셨다. 이마를 겨누고 한 방울을 떨구었다.

톡!

역시나 반응이 없었다.

조철주는 의식을 잃은 사람. 물 한 방울로 해결이 된다면 무슨 걱정이랴? 한 방울이 더 떨어졌다. 무의미하다. 강토는 생수병을 쓰레기통에 내려놓았다.

한 발 더 다가서 눈꺼풀을 쓰다듬었다. 조철주의 얼굴에 노중권이 겹쳐왔다.

노중권!

엉뚱한 상황에서 그에게 닿았다. 그러나 그는 이 사람보다 더 높은 곳에 있었다. 강토는 기억하고 있었다. 노중권을 스카웃하려는 은재구…….

명망 있는 인사로 여당의 주축이 될 기회. 권력의 실체를 잡을 수 있는 찬스.

노중권은 깨달았을 것이다.

자칫하면 자신의 모든 것을 잃을 수도 있다는 걸. 그러나 한 가지는 모를 것이다. 그 모든 것을 벼르고 있는 사람이 강토라는 사실. 하지만, 이제 시간문제였다. 이번 판이 뒤틀리면 그는 알게 될 것이다.

강토 아버지의 부활과 자신을 옥조여오는 손길. 그 손길의 시작이 강토였다는 것.

'그걸 알게 되면……'

복잡해질 일이었다. 강토는 각성했다. 이미 자신의 주변이 생겼다는 걸. 위로는 장철환과 반 검사, 이성표. 옆으로는 아버지와 덕규가 있었다.

노중권처럼 허튼 꿈을 꾸는 인간이라면 눈에 보일 것도 없을 마당이었다. 특히나 아버지와 덕규가 그랬다. 분풀이는 원래 괘씸죄의 핵심이니까.

경건한 마음이 비장미로 바뀌기 시작했다.

'이순신 장군의 마음이 이랬겠군.'

화살과 함포가 빗발치는 남해… 그 격랑 앞에서 최후의 일전을 각오하며 나섰던 이순신 장군. 감히 그 마음을 생각하며 조철주의 눈꺼풀을 들었다.

"……!"

강토의 동공이 흠칫 떨렸다. 섯, 하는 소리가 나오는 걸 참았다. 조철주의 눈은 온통 백색이었다. 검은자위는 간 곳 없고 하얗게 뒤집힌 눈동자…….

'될 거야!'

강토는 스스로에게 위로와 확신을 보냈다.

6번 뇌 차태혁의 매직 뉴런. 아버지를 겨눈 그 통한이, 실험관 안에서 삭여낸 한의 승화가 이 정도 장벽 앞에 무기력할리는 없었다.

매직 뉴런을 겨누었다. 서두르지 않았다. 강토는 마치, 정조준한 레이저를 쏘듯 열린 조철주의 눈동자에 매직 뉴런을 층층이 쌓았다.

'부탁해!'

염원이 뇌파에서 출발했다. 다른 사람보다 강력하다는 강토의 세타파가 지글거리는 게 느껴졌다. 머리를 타고 내려와 손, 그리고 슬쩍 건너뛰어 조철주의 얼굴로 옮겨갔다.

'부탁해!'

한 번 더 매직 뉴런을 통제하는 강토.

뉴런들은 마치 병목현상의 도로처럼 조철주의 흰자위에 붙어 이글거렸다. 그리고… 천천히… 아주 천천히 안으로 들이치기 시작했다.

'먹혔다.'

강토의 눈에 힘이 불끈 들어갔다. 마치 강철문에 작은 숨구멍이 뚫린 듯, 매직 뉴런들의 시냅스가 가지를 뻗기 시작했다.

'가라!'

강토의 염원이 불끈 파워를 붙였다. 신호를 받은 뉴런들은 꿈틀꿈틀 진격을 시작했다.

"……!"

강토는 호흡을 멈추고 집중했다. 성공이었다. 닫힌 흰자위를 자극한 시냅스들이 조철주의 시냅스 반응을 이끌어내면서 뇌 안으로 진격한 것이다.

하지만 느렸다.

평상시의 시크릿 메즈와 댈 것이 아니었다. 무의식으로 문을 닫은 뇌 구조들이 장벽을 이루고 있었다. 그걸 하나하나 열어야 했다.

'서두르지 마!'

강토는 생각했다.

정상이 가까우면 호흡이 가빠지는 법. 오래된 때는 한 번에 빠지지 않는 법. 아는 온갖 경구를 떠올리며 마음을 달래는 강토였다.

전전두엽이 열리기 시작했다. 그 하나를 넘는데 10분도 더 걸리는 것 같았다. 그다음 과정도 쉽지 않기는 마찬가지였다.

"괜찮나?"

칸막이 뒤에서 반 검사 목소리가 들려왔다.

"예……."

강토는 짧게 대답했다. 그사이에도 시선은 조철주의 얼굴에서 떨어지지 않았다. 바로 그 순간, 조철주의 손가락이 꿈 찔 반응을 했다. 그게 신호였다. 세 번째 장벽을 겨우 뚫어낸 매직 뉴런들이 본연의 활성을 되찾기 시작했다. 강력하게 밀어붙인 이온이 조철주 뇌 속의 시냅스들 감도를 높인 모양이었다.

간다…….

강토는 보았다.

폭풍질주를 시작하려는 카레이서들. 출발과 동시에 시속 300킬로미터를 넘보며 흥흥거리는 바퀴들처럼 잔뜩 약이 오른 매직 뉴런들…….

Start!

마침내 동화(同化) 신호가 떨어진 걸까? 강토의 매직 뉴런들이 광속 비행을 시작했다.

콰아아아!

강토는 느꼈다. 로켓의 분사처럼 치고 나가는 매직 뉴런들. 그 장쾌하고 장엄한 진격. 그들은 목적지를 알고 있었고 더 이상의 지체는 없었다.

마침내 대뇌피질이 지척이었다. 속도는 조금도 죽지 않았다. 해마를 뒤지고 장기 기억이 보존된 비밀의 방도 장악해 버렸다. 이제는, 순식간이었다.

그렇다고 모든 게 단숨에 해결된 건 아니었다.

무의식!

그게 강토의 매직 뉴런을 기다리고 있었다.

조철주의 의식은 완전한 카오스 속에 있었다. 그가 평생 기록한 기억들이 멋대로 엉겨 부유하고 있었다. 정말이지 퍼펙트 카오스였다.

당혹…….

그 단어가 머리를 누릴 때 반 검사의 목소리가 들려왔다.

"강토 씨, 안 되면 너무 무리하지 마. 내가 다른 방법을 찾아볼 테니까."

다른 방법…….

뭐가 있을까?

그사이로 유 수사관의 목소리가 나지막이 섞여왔다.

"그만 철수하시죠."

"……."

반 검사는 대답하지 않았다.

"노중권… 은재구 의원 라인입니다. 무리하시다 검사님이 역공당할 수 있습니다. 은 의원이 자기를 노리를 것으로 오해할 수 있으니까요."

"……."

"일단 노중권은 정중히 귀가시키시는 게……."

"유 수사관!"

거기서 반 검사의 목소리가 열렸다.

"이강토 씨 애쓰는 거 안 보여? 저거 보면서도 쪽 팔리게 검찰이 꼬리 말 생각이야?"

쪽 팔리게!

다른 말보다 그 말이 강토 귀 안으로 치고 들어왔다. 쪽 팔리게… 그렇지. 남자라면 적어도 쪽 팔리게 살지는 말아야지. 더구나 당신은 법과 정의를 수호한다는 검찰이잖아? 그 말, 썩 마음에 들었다. 그리고 방전되어가던 강토에게 충전이 되어주었다.

산 너머 산!

장벽을 넘었더니 또 다른 장벽. 보통 사람들은 거기서 좌절하고 포기한다. 하지만 성공하는 사람은 그 좌절을 향해 전진한다. 연어가 그렇다. 편하게 흐르는 물을 따라 내려가는 연어는 죽은 연어뿐이다. 살아 있는 연어는 늘, 물살을 거슬러 올라간다.

다시 조철주의 뇌 속을 집중했다.

기억이 혼미한 우주를 이룬 상태.

이 상태로는 뭐가 뭔지 알 수 없는 상황. 그 안에는 어릴 때 본 귀신의 두려움부터 융진의 회장, 가족, 첫사랑, 첫 마이카, 결혼식, 군복무 시절 등등 셀 수도 없는 기억들이 뒤틀려 있었다.

서랍을 보았다.

물론, 개판 오 분 전 상태였다.

열리고 부서지고 깨진 서랍들은 뒤엉킨 기억에 못지않은 카오스였다.

역순!

그게 필요했다. 기억이 뒤틀리고 뒤섞이기 이전의 상태…… 강토는 조철주의 뉴런들을 보았다.

맥이 없다. 기억을 저장한 스파인, 가시도 시든 배춧잎처럼 늘어져 있다.

'깨워 봐!'

두 다리에 힘을 주며 명령을 내렸다.

매직 뉴런들이 주변 뉴런에 시냅스 결합을 시도했다. 결합은 부분적으로 일어났다. 하지만 꼭 조는 파트너를 잡고 춤추는 꼴이었다.

이게 아니야.

강토는 생각을 바꾸었다.

그 생각은 조금 불손했다. 이번에는 영화 속의 한 장면을 떠올린 것이다. 고장난 우주선. 그런데 대체할 부품이 없었다. 러시아 우주인은 어이없는 방법으로 고장을 고쳤다. 부품을 교체한 게 아니라… 그냥 후려쳐 버린 것이다. 그런 말도

있지 않은가? 벼락을 맞으면 정신을 잃는데, 한 번 더 맞으면
깨어난다는…….

고장 나면 껐다 켠다!

그건 21세기 첨단과학의 시대에서도 진리였다. 오죽하면 컴
퓨터나 인터넷 AS 전화 상담 때도 기사들이 단골로 말하지
않는가?

〈껐다가 켜보세요!〉

호흡을 들이킨 강토, 매직 뉴런 전부를 조철주의 뇌 안에
밀어넣었다. 그 모든 이온과 시냅스를 뻗어 그 안의 뇌와 신
경망을 연결했다.

'ON!'

매직 뉴런에 불을 당겼다. 그리고, 바로 반대 명령을 내렸
다.

'OFF!'

*   *   *

아무 일도 일어나지 않았다. 푸흣, 강토 혼자 웃었다. 헤이,
조철주의 뇌. 나 이강토야. 우리 아버지가 제일 싫어하는 게
뭔 줄 알아? 바로 쪽 팔리게 사는 거라고. 그런데 생각해 봐.
나 이강토, 산 놈 머리도 딸깍딸깍 여는 사람이야. 그런데 얌

전하게 늘어진 너 하나 못 열 거 같아?

오기 작렬!

다시 한 번!

'ON!'

'그리고 OFF!'

이번에는 젖 먹던 힘까지 가미시켰다.

"……?"

젠장, 반응이 오다 말았다. 뇌 속이 활성화 되는가 싶더니 우웅, 아련한 메아리와 함께 다운되어 버린 것이다. 강토는 신중하게 반응을 추적했다. 활성이 일어나다 만 곳은 뇌간과 대뇌피질이었다.

'포기할 줄 알아?'

다시 뇌파를 모았다. 그리고 생명의 뇌로 불리는 뇌간과 이성의 뇌로 불리는 대뇌피질에 매직 뉴런을 집중시켰다.

'O—N!'

모든 세타파를 집중한 강토의 명령.

시냅스 줄기와 이온이 동시에 활성을 이루며 잠든 조철주의 뇌를 나붓 흔들었다.

"……?"

의식… 산 사람에 걸맞는 움직임… 그것도 아니면 비명이라도… 아니, 손가락 발가락이라도……. 강토의 바람은 조금

씩 퀄리티가 낮아졌다. 시선도 눈에서 팔로, 결국 손가락으로 내려왔지만 반응은 일어나지 않았다.

'젠장!'

맥이 풀린 강토, 휘청거리는 몸을 세우려고 칸막이를 잡았다. 그런데 너무 세게 잡았다. 칸막이가 주르륵 떨어져 버린 것이다.

그 바람에 칸막이 밖에 있던 반 검사와 유 수사관이 드러났다. 강토는 시선을 꺾으며 한숨을 쉬었다.

안 되네요.

그 말 대신이었다.

그런데…….

"어!"

조철주를 바라보던 유 수사관이 성큼 다가섰다.

"해냈군요? 이 인간 정신이 들었어요!"

'정신이 들어?'

강토는 벼락처럼 눈을 돌렸다. 반 검사도 당연히 그랬다.

"여… 여긴?"

눈을 꿈뻑거린 조철주가 허공을 더듬거렸다. 순간, 강토의 매직 뉴런이 기억 검색을 시작했다. 고대하던 순간이 온 이상 감격 따위에 젖을 강토가 아니었다.

기억!

안으로 들어간 강토는 그 신비를 만끽했다. 아까와는 달랐다. 엉겨 있던 뇌의 구역은 단단하게 정비되었고 해마와 대뇌피질의 기억 서랍들도 가지런히 정비된 후였다. 무질서와 혼돈의 카오스는 더 이상 존재하지 않았다.

강토는 단기 기억부터 열었다.

〈공항〉

공항이었다. 조철주의 기억은 입국장에 있었다. 거기서 입국객 환영을 나온 인파에 시선이 닿았다. 그중 한 팻말이 기억에 선명했다.

〈張先生 歡迎 12 R—T 2〉

'장선생?'

그 기억을 곱씹는 동안 조철주의 기억이 화장실로 들어갔다. 가운데 화장실이었다. 대변을 봐야 한다고 말했지만 그러지 않았다. 그가 본 건 대변이 아니라 벽에 쓰인 낙서였다.

〈노모, 미국 아들을 위해〉

글자는 또렷했다. 그걸 읽어낸 조철주, 급격한 감정의 변화를 동반했다. 온몸이 스러지는 충격이었다. 그리고… 달리는 차앞에 다리가 나왔다. 차가 정체되어 밀리는 상황. 수사관이 전화를 하느라 잠시 느슨해진 틈을 타 문을 열었다. 한달음에 난간을 날아 새처럼 하늘로 뛰었다. 최근 기억은 그게 끝이었다.

〈노중권〉

〈환경호르몬 장난감〉

〈이규리와 왕펑〉

다음으로 장기 기억 편으로 들어간 강토, 세 가지 명령어를 다 집어넣었다. 제일 먼저 노중권의 기억이 안개처럼 피어올랐다.

조철주, 그 또한 노중권 라인이었다. 노중권이 그룹 내의 방계회사 CEO로 투입되어 구원투수 노릇을 할 때 그 수족으로 움직였던 수하 4인방. 그들끼리는 '중방'이라 칭하는 오른팔 중의 하나였다.

—관련 자료 없애고 은폐.

—유해 환경호르몬이 들어간 생산라인은 기계 완전 교체 처분.

—그 분야 전문가 섭외해서 검사 결과 조작 시도.

—내가 죽으면 자네도 죽는 거야.

노중권에 대한 기억은 많았다. 조철주 역시 노중권의 심복으로 성장한 사람. 그랬기에 그 기억의 절반은 노중권이라고 해도 과언이 아니었다.

다음 장면이 이어졌다. 둘은 서울 노중권의 사무실에서 보고서를 보고 있었다.

—매수해. 돈이든 자리든 보장한다고 하고.

―접촉해 봤는데 사람이 고지식해서 먹히지 않습니다.

―대안은?

―물색했습니다만… 그쪽에서도 한국 본사 최고 책임자를 원합니다.

―은밀하게 자리 마련해.

강토는 다음 기억을 당겼다. 잡다한 기억들은 곁가지로 쳐내고 노중권과 이규리, 왕펑의 기억을 뽑아냈다. 그 장면이었다. 왕펑의 기억 속에 있던 그 장소. 중국 현지법인 공장의 대표실…….

노중권과 조철주.

왕펑과 중국인 남자 탕샤오레이.

탕샤오레이는 왕펑을 소개한 브로커였다.

탕샤오레이가 PDA를 틀었다. 화면에 이규리가 보였다. 그녀 앞에 세퍼드도 보였다. 커다랗고 용맹스러워 보이는 놈이었다. 개 앞에 벌겋게 구워낸 돌덩이가 던져졌다. 개는 열기에 놀라 주춤 물러섰다. 이규리가 개에게 눈빛을 겨누었다. 그러자 개는, 맛난 고기를 본 듯 돌덩이를 삼켰다. 그리고 얌전히 늘어져 죽었다. 그 뜨거운 돌덩이가 들어갔는데도 몸부림 한 번 치지 않은 것이다.

노중권의 눈에 힘이 들어가는 게 보였다.

나머지는 왕펑에게서 읽은 기억과 같았다. 왕펑은 조건을 내걸었고 노중권은 그걸 수용했다.

후우!

거기까지 확인한 강토는 잠시 숨을 돌리고 나머지 기억을 체크해 나갔다.

〈융진토이 대표이사〉

마지막으로 걸린 건 대가였다.

노중권이 정치로 옮겨가면 융진토이의 경영을 조철주에게 넘겨주도록 한다는 것. 거기서 대박 기억이 나왔다.

스마트 워치였다. 조철주가 스마트 워치를 작동시킨 것이다. 그 안에는 동영상과 녹음 기능이 있었다. 그 안에는 노중권이 왕평에게 지시하는 장면이 고스란히 찍혀 있었다. 조철주의 보험이었다. 왕평에 대한 보험이자 노중권에 대한 보험……

그러나 강토에게는 결정적, 그 자체였다.

기억을 접은 강토는 조철주에게 시선을 돌렸다.

응?

조철주 손목에는 스마트 워치가 보이지 않았다.

"환자가 깨어났다고요?"

의사들이 몰려왔다. 간호사도 몰려왔다. 반 검사는 의사에게 따로 조치를 요청했다. 혹시 모를 환자의 자해를 막아달라는 것. 그 말을 남긴 반 검사는 수사관을 24시간 붙여두고 밖으로 나왔다. 먼저 나간 강토가 반 검사를 기다리고 있었던 것이다.

"강토 씨!"

반 검사는 반색을 하며 다가왔다.

"성공?"

"예."

"으아!"

반 검사가 주먹을 불끈 쥐고 부르르 떨었다. 그만큼 애가 탔다는 반증이었다.

"뭐가 좀 나왔어?"

"혹시 조철주 손목시계 압수했습니까?"

"유 수사관."

반 검사가 유 수사관을 바라보았다.

"시계요? 그건……"

"그게 스마트 워치인데 지금 보니까 팔목에 없어요. 그 안에 노중권과의 증거자료가 일부 있는 거 같은데……"

"의료진에게 확인해 봐."

반 검사가 유 수사관을 다그쳤다.

"스마트 워치라……"

"그리고 공항으로도 수사관들을 급파하세요."

"공항? 거긴 왜?"

"입국장 앞에 마중 나온 사람들 있잖아요? 피켓을 든 사람이 있었을 겁니다. '張先生 歡迎 12 R—T 2'이라는 피켓……."

"한 패인가?"

"그런 것 같습니다."

"젠장!"

"12R T2……. 뭐 같아요?"

"12R?"

반 검사가 고개를 갸웃거릴 때 유 수사관이 돌아왔다.

"의료진도 시계 본 적 없답니다. 그러고 보니 중국에서는 손목시계를 본 것 같습니다. 비행기 안에서도요."

"공항에서 나올 때 입국장 환영객들 봤지?"

"예."

"그중에 조철주에게 신호를 준 사람이 있는 것 같아."

"……."

"12R T2는? 뭐 짚이는 거 없어?"

"12R T2요?"

"강토 씨가 찾아낸 단서야. 그런 피켓을 들고 있는 사람이 있었대. 조철주, 무슨 특이한 행동 같은 거 없었나?"

"아, 그러고 보니 입국장 앞에 나온 사람들을 의식하는 거 같았습니다. 하지만 압송되는 게 창피해서 그러는 줄

로만⋯⋯."

"12R T2는"

"글쎄요. 12R⋯⋯. 거기가 12번 출구 쪽이기는 한데⋯⋯."

"그럼 혹시 거기서 화장실 간 거 아닌가요?"

같이 골똘하던 강토가 물었다.

"맞아요. 나와서 오른쪽⋯ 아, 그럼 R은 혹시 RIGHT?"

유 수사관이 소리쳤다.

"그럼 T2는 두 번째 화장실일 수도 있어요. 화장실을 영어
로 Toilet이라고 하니까."

"맞아요. 두 번째 화장실에 들어갔어요. 첫 번째도 비었는
데 냄새가 심하다고 하면서⋯⋯."

"검사님!"

강토가 반 검사를 돌아보았다.

"뭐하나? 빨리 수사관 급파해서 입국장 CCTV 체크하고 피
켓 든 사람 신원 확보해. 화장실도 다시 체크하고."

"알겠습니다."

지시를 받은 유 수사관은 통화를 하며 뛰어나갔다.

"다른 건?"

"노중권이 선종일 살인 지시한 건 확실해요. 조철주도 알고
있고 왕평도 압니다. 그 자리에는 다른 중국인 브로커 탕샤오
레이도 있었고요."

"오케이, 노중권, 당신은 이제 죽었어!"

반 검사가 후끈 달아오르고 있었다.

"노중권 심문 가시게요?"

"가야지. 이제 못 할 거 없잖아?"

"그보다 먼저 하실 일이 있습니다."

"……?"

"조철주 사장… 외아들과 노모가 있어요. 외아들은 미국 뉴욕에, 어머니는 충청도 진천에 있더군요. 조철주가 목숨을 버린 이유이기도 합니다."

"둘을 볼모로 협박을 받은 건가?"

"아마……."

"이런 죽일……."

"두 사람의 안전을 확보해 놓지 않으시면 조철주는 협조하지 않을 겁니다."

"알았어. 내가 조치하지."

반 검사가 다시 전화를 뽑아들었다. 불꽃 같은 지시가 이어졌다. 검사라는 직업이 멋져 보이는 순간이었다. 거대한 시스템을 통제하는 검찰. 전화 한 방으로 모든 걸 해결할 수 있다니.

"더 조치할 거 없나?"

지시를 끝낸 반 검사가 강토를 바라보았다.

"한 가지 더 있습니다."

"뭐지?"

"노중권 말입니다. 간단히 체크하고 돌려보내시죠."

"돌려보내? 강토 씨!"

"예!"

강토는 담담하게 대답했다.

"살인도 큰 죄지만 그보다 앞서 강토 씨가 먼저 징벌을 부탁한 인간이야? 잊었어?"

"잊을 리가요. 겨울이 오면, 봄이 오면, 가을이 오면… 감옥에 있는 아버지 생각만 하면 나도 사시미 칼 들고 가서 그 인간 심장을 도려내고 싶었습니다."

"그런데 왜? 이제 그 인간의 가면을 벗겨낼 기회야."

"가면은 당연히 벗겨야죠."

"응?"

"다만 제 말은 검사님 손에 피를 묻히지 말라는 이야기입니다."

"강토 씨!"

"아까 유 수사관이랑 하는 얘기 다 들었습니다. 노중권은 은재구라고 거물 정치인과 막역한 사이라죠?"

"그래서? 그게 무슨 대수야?"

"정치는 잘 모르지만 은재구는 왜 노중권을 좋아하게 되었을까요?"

"……?"

"뭔가 기브 앤 테이크가 있지 않았을까요?"

"강토 씨……."

"제 말은… 이제 노중권의 죄는 만천하에 밝혀지게 되어 있습니다. 공항에서 피켓으로 조철주의 자살을 지시한 사람, 왕평과 탕샤오레이, 그리고 이규리……."

강토는 지긋하게 반 검사를 바라보았다.

"강토 씨!"

반 검사 머리에 불이 들어오는 게 보였다.

"역시 머리가 다르군요. 맞습니다. 검사님도 노중권처럼 나가는 겁니다. 노중권에게는 최대한의 예우를 갖춰주고 대신 확보된 주변 인물들을 털어서 자연스럽게 증거 입증하는 겁니다. 눈에는 눈, 이에는 이. 은재구 등의 원망까지 피할 수 있으니 괜히 험한 길 골라갈 필요 없겠지요."

"이 친구 진짜……."

"그럼 저는 그만 가서 좀 쉬겠습니다."

강토, 그 말을 남기고 돌아섰다.

"이봐. 강토 씨, 강토 씨!"

등 뒤에서 반 검사가 강토를 불렀다. 강토는 말없이 고개를 돌렸다. 반 검사는 미소 가득한 얼굴로 엄지가 부러져라 힘주어 세워 보였다. 강토는 알았다. 이제 반 검사도 좋은 친구가 되었다는 걸.

'좋은 친구란……'

엘리베이터를 향해 걸으며 강토는 뒷말을 생각했다.

많을수록 좋은 거지.

제4장
과화숙식(過火熟食)—곁불로 밥을 익히다

청와대 면접!

쉽지 않을 일이었다. 도덕심 검증이 아니라 역학관계 때문이었다. 사회생활이라고는 알바가 전부였던 강토. 넓은 세상을 몰랐다. 알바 직종이 다양했던 것이 다행이긴 하지만 저 높은 곳의 생리와는 완전히 다른 세상. 푼돈 몇 푼에 목을 매는 치사한 주인이나 내일을 모르는 알바 동료들. 그 마인드로는 상상치 못할 무엇이 있었다.

강토는 뇌 구조 사진을 덮었다. 사람의 기억 메커니즘을 보던 차였다. 멋대로 비밀의 서랍을 열어 재끼던 강토는 이제 깊어지고 있었다. 원리를 향해 접근하는 것이다. 알고 하는 것과 모르고 하는 것. 결과가 같이 나온다고 해서 같은 게 아니었다.

사람의 기억은 단기 기억과 장기 기억으로 나뉜다. 장기 기억은 기억 시냅스의 튼실한 가시가 되어 서랍에 차곡차곡 쌓인다. 그 방의 이름은 대뇌피질. 그 안에는 또 다른 작은 방들이 존재한다. 기억은 영생하지 않는다. 소거와 손실이 병존하기 때문이다.

장기 기억은 생존과 밀접하다. 생존에 관련된 것들은 대략 장기 기억으로 남는다. 다른 것들은 사안에 따라 다르다.

장기 기억들은 설령 희미하게 가라앉는다 하여도 단서나 회상을 통해 다시 활성화된다. 소거와 손실 이전에 부활하는 것이다. 예를 들어, 수십 년 되어 기억의 바다 깊이 가라앉은 초등학교의 추억… 어느 날 그에 부합하는 단어나, 그때 친구들의 한마디를 들으면 불쑥 부상한다.

〈그가 내 이름을 불러주기 전에는……〉

비유하기로는 유명한 시가 딱이었다.

읽다 보니 공부에 대한 것도 나왔다.

공부!

대한민국에서는 참 중요한 단어다. 대개의 사람들이 이 말에 목을 맨다. 어릴 때는 그 자신과 부모들이, 부모가 되어서는 그 아이들과 함께.

그런데 알고 보니 공부는 뇌의 생존에 관련이 없었다. 생존에 관련이 없으니 장기 기억으로 남겨두는데 야박하다. 여차하면 매정하게 소거해 버리는 것이다. 그럼 어떻게 공부라는 놈을 장기 기억으로 박아둘 수 있을까? 어떻게 하면 딱 한 번만 공부한 걸 잘 담아둘 수 있을까?

쉬운 방법이 있다.

천재가 되는 것이다.

그게 어렵다면 딱 한 가지 방법이 더 있다.

여러분도 지긋지긋하게 들어온 반복이 그것이었다. 여기서 강토, 왜 원리가 중요한 건지 각성하게 되었다. 뇌는 반복하면 뉴런에 흔적이 남는다. 바로 시냅스 스파인, 즉 가시다. 반복 학습을 하면 가시가 굵어진다. 기억이 생기면 가시 모양이 변화한다. 반복하고 또 반복하면 가지는 더욱 튼실해진다. 스냅스가 가진 역동성 때문이다. 이 자그만 신경세포들은 순간마다 역동성을 자랑한다. 반복 또 반복하면 기억이 거목으로 남는 것이다. 이렇게 자란 기억은 여간해서는 지워지지 않는다.

'음…….'

혼자 생각에 잠기는 강토. 상상의 나래가 텅 빈 사무실에 펼쳐졌다. 전에 그런 기사를 본 적 있었다. 강남의 초등학생들은 시험을 앞두고 뇌 활성화 주사를 맞는다는 것. 뇌의 혈류 순환을 도와 뇌의 활성도를 높이고 그로 하여 머리를 좋게 한다는 기사였다.

물론 병원 측의 상술에 불과하다는 양비론도 보였다.

'뇌의 활성화라……'

어쩌면 가능할 것도 같았다. 수험생이 공부를 하고 있다. 강토가 옆에서 매직 뉴런을 넣어 시냅스의 기억 자극을 준다. 공부한 게 오래 간다…….

'젠장, 나 다시 공부하면 서울대 가겠네.'

혼자 웃었다. 그러다 웃음을 그쳤다. 불쑥 쳐들어온 덕규와 세경이 때문이었다.

"형!"

덕규가 검은 봉지를 흔들었다. 거기서 나온 건 캔 맥주와 청량리 시장표 튀김 통닭이었다. 닭발과 똥집에 고구마튀김까지 곁들여진.

"세경이가 먹고 싶대서 꼬마 게 튀김도 사왔어."

덕규는 그새 테이블에 술판을 차렸다.

"좀 근사한데 가서 환영회하라니까."

강토가 자리에서 일어섰다. 병원에서 출발할 때 한 전화 때문이었다. 직원 몇 안 되지만 그래도 신입사원. 신입의 기분을 알기에 패밀리 레스토랑이건 정통 일식이건 챙겨주라고 말했던 강토였다. 그런데, 완전 시장통 스타일로 판을 벌인 것이다.

"그래도 의리가 있지 우리 실장님 혼자 조뺑이 치는데 우리끼리 어떻게 럭셔리하게 즐겨? 안 그래? 세경아?"

"맞아요. 저는 이것만 해도 황송한 걸요."

세경이 담담하게 대답했다.

"에라, 모르겠다. 나중에 다른 직원 들어왔을 때 뽀지게 먹어도 탓하기 없기다. 세경 씨 신입 환영회 때 꼴랑 만 원짜리 치킨으로 때웠다고."

강토도 테이블에 자리를 잡았다.

"미안하지만 만오천 원 이거든. 아줌마가 닭발까지 넣어줬고."

덕규는 벌써 닭발을 빨고 있었다. 고소한 냄새가 밀려 나왔다. 이 근방에 사는 사람이면 다 아는 냄새였다. 튀김 닭발은 뼈까지 거의 다 씹을 수 있는 맛덩어리였던 것이다.

"그런데 형, 남자 직원 찜해둔 사람 있어?"

덕규가 물었다.

"찾아봐야지."

"모집공고 낼까? 신체 건강하고 농땡이 안 칠 사람."

"내가 알아서 할 테니까 술이나 마셔라. 아무튼 축하하고 앞으로 잘해보자!"

강토가 세경을 향해 캔맥주를 들어올렸다. 덕규와 세경이
도 높이를 맞췄다.

"검찰 일 잘 됐다며?"

캔을 비워낸 덕규가 말했다.

"대충!"

"세경아, 우리 실장님 잘 봐둬라. 머잖아 세계를 제패하실
몸이니까."

"구멍가게냐? 직장에서는 세경 씨!"

강토가 주의를 주었다.

"예… 실짱님!"

"허튼 소리랑 말고 천천히 마셔. 밤은 길고 술도 많으니까."

"게다가 셋 다 집도 한 방향?"

"그러네?"

"그래도 너무 무리는 마세요. 저번처럼 또 오바이트하면 곤
란해요."

"웁!"

그 말을 들은 덕규가 맥주를 토했다. 그 통에 파편이 안주
에까지 튀었다.

"아, 진짜… 아가씨까지 있는 데서……."

강토가 은근히 눈을 부라렸다.

"괜찮아요. 여자가 아니고 여자 사람인 걸요."

세경이는 까탈스럽지 않았다. 그녀 역시 흙수저이자 루저의 삶을 알기 때문이었다. 그래서 마음에 들었다. 가슴 속 생채기가 두꺼운 사람, 그렇다면 그 안에 타오르는 성공에 대한 열망도 화산 같을 것이므로.

"자자, 건배, 건배!"

덕규는 실수를 만회하려 아예 자리에서 일어나 소리쳤다. 강토와 세경이 그 잔에 캔을 부딪쳤다. 청명하게 울리는 소리가 듣기에 좋았다.

사무실로 가는 길, 반 검사에게 연락이 왔다. 수사가 클라이맥스에 다다랐으니 구경 와도 좋다는 말이었다. 말이 구경이지 마무리를 보여주고 싶은 모양이었다.

반 검사.

검사다. 그러나 이 사건은 애당초 그의 능력으로 해결할 수 있는 게 아니었다. 그러니 한편으로는 강토에 대한 예우이기도 했다. 사무실에 들른 강토는 세경을 떨구고 검찰청으로 향했다. 가는 길에 뉴스를 틀었다.

별다른 뉴스가 나오지 않았다. 수사 보안을 제대로 하는 모양이었다.

차가 검찰청에 닿았다. 강토는 혼자 청사로 들어갔다. 앞에서 기다리고 있던 여자 수사관이 강토를 맞이했다.

"이쪽으로 오시죠."

그녀는 깍듯했다. 강토는 숨을 죽이며 그녀의 뒤를 따랐다. 그녀는 특별 조사실 앞에서 걸음을 멈췄다.

"여기서 기다리면 수사가 진행될 겁니다."

빈방에 들어서자 벽에 특수 유리가 보였다. 조사실 하나가 한눈에 들어왔다. 소위 참관실. 조사실을 고스란히 지켜볼 수 있는 방이었다.

잠시 후, 놀라운 인물이 들어섰다. 유 수사관과 동행한 사람은 노중권이었다.

'노중권!'

강토는 자신도 모르게 침을 넘겼다. 나는 새도 떨군다는 명망의 기업가 노중권. 그를 이렇게 다시 만나게 되다니…….

"검사님이 곧 오실 겁니다."

유 수사관의 목소리는 옆에서 말하는 듯 또렷하게 들렸다. 강토가 여자 수사관을 바라보자 그녀가 설명을 이었다.

"우리는 저쪽을 보고 듣지만 저쪽은 우리를 보지도 듣지도 못합니다."

수사관의 말이 끝나기도 전에 조사실 문이 열렸다. 반 검사가 들어서고 있었다.

"협조해 주셔서 감사합니다!"

반 검사는 정중했다.

"별말씀을…… 국민된 도리지요."

노중권이 응수했다. 얼굴은 웃고 있지만 자연스러운 미소는 아니었다.

"나가 봐."

반 검사가 유 수사관을 내보냈다. 조사실에는 이제 두 사람만 남았다. 반 검사는 자리에 앉지 않았다. 잠시 서류를 뒤적이던 그는 창가 쪽으로 걸었다.

"재소환이라니… 무슨 일인지 모르지만 좀 놀랐습니다. 검찰 출입이라는 게 주변 시선도 그렇고……."

반 검사의 뒤통수에 대고 노중권이 중얼거렸다. 힘이 살짝 실린 목소리였다.

"죄송하게 되었습니다. 하지만 원래 큰 눈덩이를 굴리는 분들은 잡티가 묻는 법 아닙니까? 게다가 현재 사회 분위기가 투서라도 들어올라치면 어떻게든 모양새를 갖춰놓아야 되기에… 저희 애로를 양지해 주시면 고맙겠습니다."

"뭐 그야 나도 정부 쪽 인사들과 접촉하다 보니 알고 있는 사항이오만……."

노중권이 넌지시 정부를 들먹거렸다. 반 검사에게는 보이지 않는 압박이었다.

"말씀드렸다시피 모양새 갖추느라 모신 것이니 형식만 갖춰 주십시오. 그래야 나중에라도 시비가 없지 않겠습니까?"

"배려해 주시니 몸 둘 바를 모르겠소."

노중권이 대답했다. 두 사람… 말은 정중하지만 신경전은 이미 살얼음판 위를 걷고 있었다.

"그나저나 우리 장 사장은 대체 무슨 혐의란 말이오? 게다가 사고까지 나질 않나?"

노중권의 시선이 반 검사에게 향했다. 그는 치밀하게 평행선을 유지하고 했다. 그래서 고른 단어가 '혐의'였고 '사고'였다. 그 자신은 아직, 조철주 사태에 대해 잘 알지 못한다고 선을 긋는 것이다.

"몇 가지 제보와 첩보가 들어와 확인 차 모신 건데 불미스러운 일이 일어나 송구하게 되었습니다. 우리도 그만한 일로 투신까지 시도할 줄은 몰랐습니다."

"수사관들이 가혹행위라도 한 거 아니오?"

"그럴 리가요? 대한민국 검찰이 도로 위에서 추태를 벌이지는 않습니다."

"반 검사는 현장에 없었지 않소? 검사들이야 그럴 리 없지만 수사관들은 간혹 자질이 모자라는 친구들이 있을 수도 있는 법이오."

"그 일은 차후까지 의혹이 풀리지 않으면 이송 차량의 블랙박스를 공개할 수도 있습니다만."

"아무튼 속 시원히 말이나 해보시오. 대체 장 사장이 무슨 혐의를 받고 있길래 나가지……"

"분위기 보니 조철주의 개별적 비리 같은데 투서에 대표님 이름이 명시되어 있어서… 큰일하실 분이니 깔끔하게 정리하고 가시는 게 좋지 않겠습니까?"

"으음……."

"이제 곧 결과가 나올 겁니다."

반 검사의 시선이 문으로 향했다. 그게 신호였을까? 유 수사관이 왕평을 데리고 들어섰다.

"……?"

노중권의 시선이 살짝 흔들렸다. 반 검사는 그걸 보았지만 시치미를 떼고 왕평을 바라보았다.

"결과는?"

반 검사가 유 수사관에게 물었다.

"어이, 당신 입으로 말해. 방금 전에 했던 말 그대로……."

유 수사관이 왕평의 등을 밀었다. 한발 노중권 앞으로 다가선 왕평, 체념한 것인지 담담한 어조로 모든 걸 털어놓았다.

"이 사람 맞습니다. 중국 융진토이 사무실에서 청부를 했어요. 한국의 박사 한 사람 입을 막아 병신을 만들든지 아니면 죽이든지……."

"이 친구, 지금 무슨 소리를 하는 거야?"

노중권이 고개를 들었다. 그는 노련하고 한편으로는 사악했다. 흥분하지도 않았고 목소리를 높이지도 않았다.

"오더는 나와 일하는 탕샤오레이와 함께 받았습니다. 탕샤오레이가 조철주 사장에게 오더가 왔다고 하길래 한국 쪽 대표가 직접 말해야 착수하겠다고 했거든요. 그렇게 네 명이 만난 자리에서 이 사람이 우리 조건을 접수하고 의뢰를 했습니다."

"이봐요, 반 검사!"

노중권이 반 검사를 돌아보았다. 반 검사는, 조금 더 들어보자는 손짓으로 노중권을 눌러놓았다.

"대가를 보장받고 한국에 왔는데 그 타깃 박사가 말을 듣지 않았어요. 씨도 안 먹히더군요. 그래서 별수 없이 내가 부리는 여자를 시켜 작업을 했습니다."

"무슨 작업?"

유 수사관이 추임새를 넣었다.

"……"

"무슨 작업이냐고?"

"죽였습니다!"

"아하하핫!"

듣고 있던 노중권이 테이블을 치며 웃어댔다. 유 수사관과 반 검사는 그런 노중권을 가만히 바라만 보았다.

"이봐요. 지금 대체 뭐하자는 겁니까? 이런 삼류 쑈를 하는 저의 좀 압시다. 나는 도통 무슨 일인지 알 수가 없군요."

노중권은 얼굴에 핀 웃음 반 비웃음 반을 섞은 얼굴로 반 검사를 바라보았다.

"유 수사관!"

노중권의 말에 공감하는 듯 반 검사가 유 수사관을 돌아보았다.

"저도 좀 의아했지만 이 사람 정신 상태가 이상한 것도 아니고 들어보니 수긍이 되는 면도 있어서……"

"그래? 그럼 계속해 봐."

반 검사는 그쯤에서 슬그머니 빠졌다.

"어이, 계속하셔. 어떻게 죽인 건지 말이야."

유 수사관은 바로 왕평을 재촉했다.

"고도의 살상 최면술입니다."

"최면술?"

노중권, 그의 얼굴에 가득 피어난 조어는 이것이었다.

어이 상실!

*　　　　*　　　　*

"저랑 일하는 사람 중에 최면술 초능력을 가진 여자가 있거든요. 그 여자가 그 박사의 뇌를 조종해 융진토이에서 원하는 검사 결과를 적게 한 후에 강도를 높여 그대로……."

"이봐요, 반 검사!"

진도가 거기까지 나가자 노중권의 포커페이스가 본성으로 돌아갔다. 더 참지 못하고 버럭 악을 쓴 것이다.

"지금 소설 쓰는 거요?"

"으음… 그것 참……."

"여자를 불러올까요?"

유 수사관이 반 검사를 불렀다. 반 검사가 수락하자 이규리가 들어섰다. 그녀는 펄펄 뛰는 노중권에게 시범을 보였다. 노중권의 뇌를 압박해 깨질 듯한 두통을 선보인 것이다.

"으어어!"

노중권이 어쩔 줄 몰라 하자 바로 최면을 풀어주었다.

"가능할 것도 같은 데요?"

반 검사야 말로 여전히 포커페이스였다. 반대로 노중권의 얼굴은 자꾸만 구겨지고 있었다.

다음으로 들어온 건 탕샤오레이였다. 그 역시 왕펑과 같은 증언으로 노중권을 코너 안의 코너로 몰아세웠다.

"말도 안 돼. 이건 중국 측 경쟁 회사의 모략이오. 우리에게 뺏긴 시장을 탈환하기 위한 치졸하고 악랄한!"

노중권은 배수의 진을 치고 나섰다.

"그런 의구심이 들기도 하는군요. 융진토이의 시장 점유율이 굉장하죠? 세계적으로도, 중국에서도."

"그렇소. 전부터도 이 비슷한 음해가 있더니 이번에는 아주세게 나오고 있는 거요. 조철주 사장에게 물어보시오. 저런친구들, 나는 본 적도 없고 만난 적도 없소."

"하긴 조 사장님께 확인해 보면 되겠군요."

반 검사가 유 수사관에게 눈짓을 보냈다.

참관실에서 지켜보던 강토는 여전히 숨을 죽이고 있었다.

'반 검사님……'

대체 무슨 전략인 것일까? 아직까지도 그는 패를 숨기고있었다.

딸깍!

문소리와 함께 조철주가 들어섰다. 조철주가 분명했다.

"조 사장!"

노중권이 상체를 일으키며 그를 맞이했다. 하지만 노중권과는 달리 조철주는 입을 다물고 있었다.

"대체 무슨 일이 일어나고 있는 건가?"

"……"

"자네도 저 중국 사람들과 대질했나? 헛소리하는 인간들과?"

"……"

"말을 좀 해봐. 무슨 일인지 알아야 내가 돕든지 할 거 아니냐?"

소리치는 노중권을 향해 조철주가 다가섰다.

"조 사장……."

미간을 찡그리는 노중권을 향해 조철주의 손이 벼락처럼 허공을 갈랐다.

짝!

"……?"

짝!

"……!"

짝!

소리는 세 번 거푸 이어졌다. 조철주가 좌우 스트레이트 연타로 노중권의 따귀를 후려친 것.

"조 사장……."

노중권이 눈을 부라리며 고개를 들었다. 조철주의 증언은 그때부터 쏟아졌다.

"더러운 새끼. 목숨 걸고 충성했더니 나를 이따위로 대접해?"

"이봐……."

"닥쳐, 내가 당신에게 이거밖에 안 돼? 내 아들과 노모를 볼모로 내세워 혼자 짊어지고 저승으로 가라고?"

"……!"

"개자식아, 입이 있으면 말해 봐. 오늘의 니가 누구 덕분에 그 자리에 올라갔는데? 니가 올라가려는 그 권력과 명예의 탑으로 이어지는 돌계단을 누가 피땀으로 쌓아줬는데?"

"조 사장……."

"닥쳐, 닥쳐! 그 더러운 입에 내 이름 올리지 마!"

조철주는 울부짖으며 노중권을 밀어버렸다. 그리고 짧고 담백하게 증언을 쏟아내 주었다.

"이 인간이 사주한 거 맞습니다. 융진토이의 대표작 MM 시리즈……. 아이들의 호감을 끌기 위해 표면 발색에 무리를 했어요. 유해 환경호르몬이 문제가 될 거라고 의견을 냈지만 묵살했습니다. 그리고 결국 그게 문제가 되자 정부와 검찰이 수사에 나서기 전에 두 권위자에게 의뢰를 한 거죠. 한 사람은 거액의 제의를 받아들여 우리가 원하는 결과를 내주었지만 선종일은 그러지 않았습니다. 알고 보니 선 박사는 그 환경호르몬의 유해성을 확인하기 위해 동물실험까지 병행했더군요. 그 결과의 언질을 제가 받았습니다. 저랑 대학 동문이거든요."

조철주의 격한 증언은 계속 이어졌다.

"새끼 쥐 열 마리와 토끼 열 마리에게 주입했다는데 무려 열여덟 마리가 장애가 생기거나 죽었다고 했습니다. 그걸 저 인간에게 보고했더니 기겁을 하고 중국으로 날아왔던 겁니다. 너도 죽고 나도 죽으니 어떻게든 입을 막아야 한다며 중국인 중에서 쓸 만한 사람을 물색하라고 지시했었습니다."

"조철주, 너 투신까지했다더니 머리 돌았어? 무슨 헛소리를 하는 거야?"

노중권이 소리쳤다.

"뭐 출입국 확인하니 조철주 씨가 언급한 날과 아까 중국인들을 만났다는 날을 전후해 노 대표께서 중국 입국한 기록이 나왔습니다만."

유 수사관이 슬쩍 끼어들었다. 노중권 입에 물리는 재갈이었다.

"그, 그건… 중국시장 개척을 위해 복건성으로 간 거지 현지 공장으로 간 게 아니었소!"

"그것도 확인해 봤더니 중국 국내선으로 당일 현지 공항에 도착한 기록이 있었습니다만!"

"……!"

"노중권, 발버둥쳐도 소용없어. 이제 정치권까지 입성하실 몸인데 여기서 추락하려니 믿기지 않지? 하지만 어쩔 거나? 내가 혹시나 싶어 당신이 탕샤오레이를 만나는 장면을 찍어 놨거든. 사실은 저쪽이 허튼 소리를 하면 써먹을까 했던 건데 이렇게 쓰게 되네."

"무, 무슨 소리야?"

"그러게 아랫사람 좀 챙겼어야지. 나 사실, 당신 위해 죽을 각오도 있었어. 당신이 거꾸로 말했다면 말이야."

"거꾸로?"

"우리 노모와 미국에 있는 아들… 죽이겠다는 협박이 아니라 당신 가족처럼 잘 챙겨주겠다고 했다면 내가 다 안고 들어갈 수도 있었다고."

"……!"

"개자식아, 다행히 우리 아들과 어머니는 살았어. 알아?"

"그만 모시고 나가도록!"

조철주의 감정이 고조되자 반 검사가 지시를 내렸다.

"퉤에!"

조철주는 노중권 얼굴에 침을 뱉고 나갔다.

"아하, 이거 일이 묘하게 반전되었군요. 빨리 끝내고 나가서 식사라도 대접할까 했는데……."

"……."

"흐음… 이거 제 힘으로는 빼도 박도 못하겠는데요? 뭐가 이렇게 많이도 나온 거지?"

반 검사는 유 수사관이 놓고 간 조서를 넘겼다. 이미 알고 있는 사안이지만 몰랐던 척 연기를 하는 것이다.

"어이쿠, 이런… 살인교사에 횡령에 배임에… 뇌물공여와 수수… 게다가 그 기간도 한 해 두 해도 아니고……."

서류를 보던 반 검사가 슬쩍 참관실 쪽으로 고개를 돌렸다. 반 검사는 강토가 보라는 듯 찡긋 윙크를 날려왔다. 순간, 다시 조사실의 문이 열렸다.

"······!"

이번에는 노중권보다 강토가 더 놀랐다. 수사관과 함께 들어선 사람은 다름 아닌 김광술이었다. 김광술. 노중권을 등에 업고 강토 아버지의 회사를 뭉개버린 그.

"뭐야?"

반 검사가 수사관을 돌아보았다.

"수사 중에 나온 비리에 연루된 피의자입니다. 과거 융진에 납품권을 따기 위해 노중권 씨에게 뇌물을 공여하고 지속적인 성접대와 아파트, 차량까지 제공했다고 전부 인정했습니다."

"확인은?"

"몇 가지는 확인되었고 일부는 피해자 이병국 씨 등에게 확인 중에 있습니다."

이병국, 강토 아버지 이름도 나왔다.

"이의 있나요?"

반 검사가 노중권을 바라보았다. 노중권, 입술만 파르르 떨 뿐 답하지 못했다. 모든 것은 창졸간에 일어난 일. 정신줄조차 잡고 있기 힘든 그였다.

"영장 발부해서 구속 조치해!"

반 검사의 지시가 떨어지자 김광술이 휘청거리는 게 보였다.

"반 검사님… 이건……."

그제야 완벽한 올가미에 걸렸다는 걸 깨달은 노중권. 비굴한 목소리로 반 검사를 바라보았다.

"저는 웬만하면 봐드릴까 했는데 이건 도리가 없네요. 영장 청구하겠습니다. 미란다 원칙 알려드려요?"

"그… 그……."

"당신은 묵비권을 행사할 수 있으며, 당신이 말하는 모든 사항은 법정에서 불리한 증거로 사용될 수 있습니다. 당신은 변호사를 선임할 수 있고……."

반 검사는 단숨에 미란다 원칙을 읊어나갔다.

단어마다 카리스마가 뿜어져 나왔다. 노중권은 그 도중에 맥을 놓고 쓰러졌다. 반 검사, 아래를 도모해 위를 제압하는 순간이었다.

펑펑펑!

카메라 세례가 쏟아졌다. 기자 회견장이었다. 반 검사는 바로 사건 전모에 대해 공개했다. 위에서 내려올지 모르는 압박 오더에 대한 전격적 대응이었다.

〈융진토이 환경호르몬 파동에 대한 전모 발표〉

발표문 제목은 그랬다.

—청부 살인으로 하늘을 가린 융진토이의 추악한 모습.

—실적에 눈 먼 기업인 노중권 사건 은폐 및 청부 살인 진두지휘.

—경영인으로서의 성공신화를 만들기 위해 수단 방법 가리지 않은 노중권의 출세기.

발표문을 받아든 기자들은 경악했다.

노중권!

그냥 기업인이 아니었다.

차차기 대권주자로까지 이름이 오를 정도로 국제적인 감각과 경영 능력을 인정받은 명망의 기업인. 그런 그의 악마성이 낱낱이 드러난 것이다.

발표문은 강토도 받아들었다.

회견장의 구석이었다. 여자 수사관과 함께 선 강토는 감개가 무량했다.

반 검사는 발표장을 장악하고 있었다.

그의 발언은 소신이 가득했고 신념과 신뢰가 묻어나왔다.

발표에 이어 구속된 노중권이 공개되었다. 기자들이 몰려들어 수사관들과 몸싸움을 벌였다.

"이 사건 인정하는 겁니까?"

"환경호르몬의 독성을 인지하고 있었습니까?"

기자들의 질문이 쏟아졌지만 기자들은 포토라인을 사수했다.

'반 검사님……'

뒤에서 지켜보던 강토, 혼잣말로 나머지를 중얼거렸다.

'당신, 좋은 검사로군요.'

진심으로, 진심이었다.

"들어!"

작은 일식집의 내실이었다.

식사가 나왔다. 수저를 든 반 검사가 강토를 바라보았다. 덕규는 옆방에 떨구어 두었다.

수사관들이 식사하는 방이었다. 강토는 반 검사에게서 눈을 떼지 않았다.

"독 안 탔어. 그러니까 걱정 말고 먹으라고."

"뜻밖이었습니다."

강토가 나지막이 입을 열었다.

"뭐가? 다 강토 씨 덕분인데?"

"김광술 말이에요."

"그거야 뭐 부록으로 끼워준 거고."

"부록요?"

"아니면 언제 정리하겠어? 청소는 할 때 하는 게 좋거든."

"마음에 드는 단어네요. 청소……."

"맞잖아? 구린 냄새를 돈으로 가리고 순수한 척 하는 인간들. 난 그런 인간들 별로 안 좋아해."

"그래도 김광술까지 엮어낼 줄은 몰랐습니다. 노중권만 해도 큰 상대라서……."

"나도 염치는 있거든? 강토 씨에게 한없이 빚지고 살 수는 없지."

"빚은 무슨……."

"솔직히 지금이야 이렇게 홀가분하게 식사하지만 조철주가 달리는 차에서 투신했다고 할 때는 하늘이 노랬어. 그 사람 그대로 꼴까닥했으면 노중권 대신 내가 구속되었을 판이야."

"현직 검사가 무슨 구속씩이나……."

"이거 왜 이래? 노중권이 그냥 넘어갔겠어? 내가 뭔가 꼬리를 잡았다고 생각했을 테니 기회가 왔을 때 뭉개려 들겠지. 사안으로 봐도 옷 벗게 할 수도 있는 일이고."

"그나저나 어떻게 해결한 거예요? 조철주 사장……."

"강토 씨 말 듣고 노모하고 미국 아들 쪽에 손을 썼잖아? 그랬더니 진짜로 노중권 쪽에서 보낸 친구들이 둘을 확보하고 있더라고. 다만 조철주가 무의식 상태다 보니 경계심이 허술해진 거야. 그 틈을 타서 둘을 무사히 빼냈지. 그런 다음에 조철주하고 담판을 지은 거야. 두 사람 구했으니 걱정 말고 진술해라. 거절하면 우리도 두 사람 목숨은 장담 못한다."

"순순히 듣던가요?"

"공항 화장실에서 협박문 읽었으니까 감은 잡았겠지. 아들 목소리 들려주니까 심경 변화 일으키더라고. 덕분에 어렵지 않았어."

"믿고 신속하게 대응한 검사님 덕분이지요."

"아무튼 굉장해. 지난번에 노중권 털도 하나 못 건드린 소식을 전하게 돼서 체면 구겼는데 이만하면 검사 밥값은 한 건가?"

"아직 끝난 건 아니잖아요?"

"배후?"

"여당 거물들 쪽 라인이라면서요?"

"뭐 그렇긴 한데 워낙 증거가 빵빵하니까. 그 스마트 워치 말이야."

"아, 그건 제때 찾았나요?"

"웬걸. 조철주가 변기 속에 넣어버렸잖아? 하마터면 공항 정화조에 잠수부를 투입할 뻔했는데 하늘이 도왔어."

"어떻게요?"

"그 변기 아래쪽이 막혔던 거야. 시계가 딱 거기 걸렸더라고."

"아!"

"강토 씨 원수 갚으라고 하늘이 도운 거지?"

"뭐 복수에서 비롯된 일은 아니지만 어쨌든 결과는 그렇게 되었네요."

"우리 포렌직 팀에서 화면 살렸고 음성도 복구했어. 그 친구들 똥냄새에 고생했을 텐데 피자라도 두어 판 쏴줄까?"

반 검사가 회를 초장에 찍으며 웃었다. 강토가 거기 화답했다.

"그 피자 내가 쏘죠!"

*   *   *

"이제 다른 문제는 없는 거죠?"

"잘 나가는 변호사 선임하겠지. 털어보니까 그동안 비자금 조성과 횡령, 유용한 금액만 얼추 수백 억 대더라고."

"그 떡고물 얻어먹은 사람들 바늘방석이겠군요."

"별로 그렇지도 않을 거야."

강토의 말에 반 검사가 웃었다.

"아니라고요? 자기들이랑 엮인 사람이 구속되었는 데도요?"

"강토 씨, 정치인들 말이야, 동물로 치면 뭐라고 생각해?"

"꼬리 아홉 달린 여우?"

"다른 거 없어?"

"뇌물 좋아하니 똥돼지."

"감정적으로 나가지 말고 뇌파 달인답게 머리로……."

"카멜레온? 순간순간 색깔을 잘 바꾸니까."

"비슷하네. 하지만 내가 보기엔 도마뱀이 맞아."

"도마뱀이라고요?"

"꼬리 자르기의 달인들이거든. 아마 노중권 소식 듣기 무섭게 꼬리부터 잘라내고 있을 거야. 나는 무관해. 돈은 받았지만 뇌물이 아니라 후원금, 혹은 빌린 돈이야."

"많이 듣던 말이군요."

"앞으로 며칠 방송이나 신문 읽어보라고. 곳곳에서 꼬리 잘라내는 소리가 들릴 테니까."

"그렇게 보면 오리도 딱이네요. 닭 잡아먹고 오리발!"

"앞으로도 난관에 부딪치면 지원 좀 부탁해. 내민 발이 오리발인지 닭발인지 확인해야 될 수도 있을 테니까."

"그러죠. 힘닿는 데까지."

"그리고……. 이건 사담인데 말이야, 우리 의형제 먹으면 안 될까?"

"의형제요?"

"뭐 사사롭게는 이미 내가 강토 씨 선배고… 이래저래 인연도 많이 닳았고……. 어때? 나 강토 씨 형 될 자격 없나?"

"하핫, 검사 형님이 가당키나 합니까? 전 방울 두 쪽뿐인데……."

"왜 이래? 천하무적 뇌파가 있잖아?"

"되다 안 되다 하는 뇌파요?"

"그래서? 뺄찌?"

"아닙니다. 제의만으로도 제가 영광이죠."

"그럼 이제부터 내가 형이야. 반말할 테니 그리 알라고."

"영광입니다. 반 검사님!"

"어허, 형님!"

"형님……."

"당분간은 보강 수사와 증거 확보로 바쁠 테고… 어느 정도 마무리 되면 한 잔 하면서 정식 도원결의라도 맺자고. 술은 당연히 이 형님이 쏘고."

"뭐 저도 바쁠 겁니다. 아무튼 기대하죠."

"고마워, 동생!"

반 검사의 손이 강토의 등을 토닥거렸다. 아버지 느낌이 들었다. 어쩐지 듬직한……. 형제 없이 외동아들로 자란 강토, 그래서 더욱 반석기가 마음에 들었다.

"예, 형님!"

강토, 마음으로 대답했다. 이런 형이라면 마다할 이유가 없었다.

"으악, 반 검사님하고 호형호제?"

사무실로 돌아가는 길, 소식을 전해들은 덕규가 자지러졌다.

"왜? 안 되냐?"

"안 되긴. 그럼 나하고는 어떻게 되는 거야?"

"내 형님이니 너도 동생이지."

"우워어, 검사 동생? 그럼 신호위반 같은 거 걸리면 직빵 빼주는 거야?"

덕규가 오버하자 강토의 징벌이 뒤따랐다. 강토가 조수석에서 팔뚝을 쥐어박은 것이다.

"아, 진짜 농담인데……"

"알지만 농담도 조심해라. 앞뒤 자르고 농담만 부각시키는 인간들 널렸으니."

"그나저나 우리 오늘 쫑파티라도 벌여야 하는 거 아니야?"

"쫑파티?"

"형네 아버지 뭉갠 인간이 쌍쌍으로 구속되었지, 현직 검사랑 형이 형제 먹었지. 당연히 축하 파티해야지."

"그래. 밤새도록 마시고 내일 술 냄새 폴폴 풍기면서 청와대 들어가자."

"에이, 씨……. 안 되겠네."

강토의 한마디에 덕규의 정신은 바로 제자리를 찾았다.

"차 아버지 회사로 돌려라. 소식 전해드려야지."

"알았습니다, 씰짱님!"

덕규는 쎈 발음으로 핸들을 돌렸다.

"……?"

아버지의 눈이 휘둥그레졌다. 그 상태로 한참을 움직이지 않았다.

"아버지!"

강토가 정신줄을 깨우고서야 아버지의 눈이 풀렸다.

"정말 노중권이 하고 김광술이가 구속되었단 말이냐?"

숨을 고른 아버지가 물었다.

"그렇다니까요."

"어떻게?"

"그게 뭐… 검찰에서 사건 수사하다가 엮여 나왔다고 들었어요."

"설마……."

아버지는 강토를 바라보다 물 잔을 집어 들었다. 그 물을 다 마신 후에야 뒷말을 이어놓는 아버지.

"네가 개입한 거냐?"

"……."

"개입했구나?"

"개입까지는 아니고요 힌트를 주는 정도였어요."

"힌트라니?"

"아버지가 당한 정황 말이에요. 그것들이 큰 사건 꾸몄던 게 들켜서 같이 드러난 일이니 편하게 받아들이세요."

"큰 사건이라면 혹시 융진토이의 환경호르몬 말이냐?"

"아세요?"

강토가 고개를 들었다.

"노중권이 일이라면 모르는 게 없지. 잊으려고 해도 신문이나 방송에 뉴스가 나오면 머리에 박혀 떠나질 않았으니까."

"……."

"환경호르몬 사고 이야기가 나올 때 그 인간이 융진토이 사장이었지. 내심 그 인간이 뒤에서 수작을 부렸을 거라고 생각하고 있었다."

"그 인간, 사람도 죽였어요."

"뭐라? 사람까지?"

"직접 죽인 건 아니지만 환경호르몬 검사 결과 조작하느라고 사고를 쳤다네요. 이제 그 인간 인생은 종쳤어요."

"강토야."

"그러니 아버지도 이제 한을 내려놓으세요."

"그래야지. 사실 요즘 같아서는 한을 씹을 시간도 없다만……."

"매출이 궤도에 오른 건가요?"

"시제품 뽑아서 막 달아오르는 베트남과 인도, 미얀마와 캄보디아에 뿌렸더니 반응이 괜찮다. 곧 한 바퀴 돌면서 시장을 확장할 계획이다."

"역시 아버지시네요."

"그거야 경영자로써 당연히 할 일이지. 직원들은 좋은 제품 만들고 사장은 그걸 내다 팔아서 더 좋은 대우해 주고……."

"그럼 곧 캄보디아에 학교도 지을 수 있겠네요?"

"말이라고 하느냐? 이성표 씨가 걸었던 옵션까지 취소해 주었으니 그만큼 빨리 지을 수 있겠지."

"벌써부터 기대가 큰 데요?"

"말 나온 김에 한번 돌아보고 조건이 되면 아예 거기다 해외 공장 진출도 알아볼 생각이다. 그래서 현지 직원들 아이들 교육까지 시켜주면 금상첨화겠지."

"와아, 그거 대박인데요?"

"기회를 주신 우리 아들에게 감사를 전합니다."

아버지가 돌연 꾸벅 고개를 조아렸다. 강토는 손사래를 치며 아버지를 말렸다.

"그리고 이거 받아라."

아버지가 커다란 꾸러미를 내밀었다.

"뭐죠?"

"선물!"

"선물요?"

"너 취직하면 양복 한 벌 사주려고 적금 넣었는데 개업했으니 그게 그거 아니냐?"

아버지의 말을 들으며 강토는 꾸러미를 풀었다. 꾸러미 안에는 양복과 벨트, 구두와 지갑이 들어 있었다. 죄다 명품까지는 아니지만 쓸 만한 브랜드 상품이었다. 게다가… 양복과 구두의 사이즈는 딱 강토의 그것이었다.

"아버지가 제 사이즈를 알아요?"

놀란 강토가 고개를 들었다. 아버지에게 이런 선물을 받은 건 처음이기 때문이었다.

"애비가 제 아들 사이즈도 모를까?"

"아버지……."

"남자는 지갑과 구두, 벨트지. 최상은 아니지만 그냥 저냥 쓸 만한 걸로 골랐으니 조금 성에 차지 않아도 쓰면 고맙겠구나."

"그냥 저냥이라뇨? 이 정도면……."

거기까지 말하다 울컥 목이 메는 강토.

"아버지 거나 사시지."

고맙다는 말 대신 엉뚱한 말을 하고 말았다.

"나야 현장 작업복도 과분하다. 그게 내가 얼마나 입고 싶었던 옷인 줄 아냐?"

인정!

그건 인정합니다.

강토가 미소로 답했다. 어쩌면 아버지, 배 위에서도 제품을 생산하고 있었을지 모른다. 고기 숫자를 세면서 제품 수량을 생각했을 지도 모른다.

"고맙습니다. 이거 입고 세계 제패할 게요."

"기왕이면 우주도 제패하면 더 좋지."

아버지가 장단을 맞춰왔다.

선물보다 그런 모습이 더 좋았다. 이제 강토, 믿을 구석까지 생긴 것이다. 이런 아버지를 둔 아들. 뭐가 두렵단 말인가?

"뭘 하든 끼니는 굶지 말고 다니거라."

돌아서는 강토에게 아버지의 당부가 따라왔다.

"아버지도요!"

응답하는 강토, 그 말에 엄마 생각이 끼어들었다. 말 타면 하인 앞세우고 싶다더니 딱 그 짝이었다. 좋으면 더 좋은 걸 생각하는 게 인간의 본성.

"형, 뭐야?"

차로 돌아오자 덕규가 꾸러미를 보며 물었다.

"노 터치!"

강토는 덕규의 손을 밀어냈다.

"뭔데?"

"우리 부친께서 새 양복하고 새 벨트하고 새 지갑하고 새 구두하고 선물해 주셨다. 그것도 빵빵한 명품 럭셔리 브랜드로."

"진짜? 그럼 구경 좀!"

"안 돼! 나도 아직 안 입어봤는데 어딜……."

다시 가로 막는 강토.

"아, 좀 보면 어때서? 닳아?"

"그러는 너는? 너네 어머니가 양복사라고 준 돈으로 양복 사온 다음에 어쨌는데?"

"그거야……."

덕규가 머리를 긁었다. 양복을 사온 덕규, 꽤나 으스댔던 기억이 아직도 생생했다.

"캬, 역시 우리 아버지. 덕규야, 이 지갑 좀 봐라."

그제야 지갑을 열어본 강토. 그대로 덕규 얼굴에 대고 흔들었다. 그 안에 빵빵한 5만 원 권이 강토 나이에 숫자를 맞춰 들어 있었던 것.

"아, 진짜 우리 엄마는 저런 센스도 없고……."

"운전이나 해라. 너네 어머니 정도면 훌륭한 분이거든."

강토는 투덜거리는 덕규의 등짝을 후려쳤다.

아버지 고맙습니다. 멀어지는 아버지에게 감사 인사를 잊지 않으며.

사무실로 향할 때 강토 전화가 울렸다. 세경이였다.

"어디 계세요?"

"왜?"

강토가 물었다.

"손님이 오셨어요. 반석기 씨라고."

반석기?

반 검사였다.

"언제 오셨는데?"

"방금요. 실장님하고 잘 안다고 기다린다는 데요?"

"알았어. 내가 전화드릴게."

"아니, 지금 바꿔달래요."

세경의 목소리가 끝나기도 전에 반 검사 목소리가 끼어들었다.

"어디야?"

"우리 사무실엔 웬일이세요?"

"그냥… 지나는 길에 얼굴 좀 볼까하고."

"기다리세요. 미사일처럼 달려갈 테니까요."

강토가 전화를 끊었다. 눈치 빠른 덕규는 벌써 속도를 높이고 있었다.

"반 검사님?"

"그렇다는데? 웬 일이지?"

"형이랑 한잔하자고 그랬다며? 쏘러 왔나보지?"

'그럴 리가?'

한잔 쏘겠다고 한 건 사실이었다. 하지만 오늘이 아니었다. 검찰 밥을 하루 이틀 먹은 것도 아닌 반 검사. 그런 계산 하나 못 했을 리가 없었다.

'뭐지?'

강토는 편치 않았다.

융진토이 환경호르몬에 얽힌 선종일 살인사건!

만만한 일이 아니다.

반 검사의 실력을 믿지만 이렇게 간단하게 매듭질 일은 아니었다. 대기업의 일이고, 그로 인해 사망자까지 나온 일이었다. 당시에는 융진토이가 발 빠르게 수습에 나서 대충 면피하고 지나간 일. 하지만 실험 결과 조작에 살인까지 불거진 일이니 파장이 만만치 않을 일이었다.

"나와 계신데요?"

사무실이 가까워지자 덕규가 소리쳤다. 정말, 반석기는 사무실로 통하는 입구에 서 있었다.

"진짜 괜찮겠어요?"

반 검사를 데리고 자리한 곳은 청량리 시장통 안이었다. 수산물 골목 뒤편. 간고등어 만드는 영세수산물 상점이 많은 낙지 난전에 자리를 튼 것이다.

"뭐 어때서?"

반 검사가 되물었다.

"냄새도 나고……."

강토가 주변을 돌아보았다. 시장으로 이어지는 길목은 쓰레기천지였다.

"그래도 사람 냄새가 죽이잖아?"

"정 그렇다면 할 수 없죠. 뭐 드실래요?"

"아우님이 골라와 봐. 아우님 구역이니……."

"여긴 무조건 낙진데……."

"좋지. 그거 정력제잖아?"

"여자도 없다면서……."

강토는 궁시렁거리면서 수족관으로 향했다. 낙지는 많았다. 조개와 해삼 등을 합쳐 주문을 했다. 사실, 주문이고 말 것도 없었다.

꿀꿀꿀!

소주를 부어주었다.

"아우님!"

술잔을 받은 반 검사가 고개를 들었다.

"왜요?"

"나 왜 온 줄 알지?"

반 검사의 시선이 알싸한 알코올 냄새에 묻어왔다.

제5장
수석비서관 후보들의 악취

"모르겠는데요?"

"아우님은 능력 있잖아? 척 하면 머리 들여다보이는……."

"그거 뭐 아무 때나 하는 줄 알아요? 다 준비도 하고 타이밍도 보고……."

"흐음, 난 또 그냥 척보면 아는 건 줄 알았지. 마셔!"

반 검사가 술잔을 들었다. 강토는 잔을 부딪친 후 술잔을 비워냈다.

"괜찮은데? 낙지도 싱싱하고 맛도 좋고."

반 검사가 웃었다.

"괜한 소리죠? 검사님들이 이런 데 어울리겠어요?"

"왜 이래? 검사도 사람이라고."

"그나저나 진짜 웬일이에요?"

"도피!"

반 검사가 웃었다. 살짝 쓸쓸함이 깃든 미소. 농담이 아니라는 뜻이었다.

"뭐가 잘못 됐어요?"

"전혀!"

"그런데 왜?"

"여기저기서 청탁 들어올 타임이거든. 이럴 때는 잠수가 최고지."

반 검사가 전화기를 꺼내보였다. 전화기는 꺼져 있었다.

"노중권… 생각보다 파워풀한가 보죠?"

"그럴 걸? 우리 부장만 해도 벌써부터 승진 줄 막힐까 걱정이고 정치판 좋아하는 공찬욱 부장 같은 사람도 이때다 싶어 러브콜 공세니까."

"……"

"걱정 마. 그렇다고 내가 노중권 풀어줄 건 아니니까. 다만 증거능력이 좀 걱정이야."

"증거능력이라면……."

"노중권이 유해한 환경호르몬을 은폐하려고 조작하고 살인

교사를 한 것까지는 문제가 없는데 살인 입증이 문제란 말이지. 선 교수 시신은 화장으로 사라졌으니… 과학적으로 최면술사의 최면 미혹 살인이 인정될 수 있는가 하는……."

"……."

"이게 그 여자가 차라리 선종일을 한 대 때리기라도 했다면 더 쉽겠는데 외부에서 원격 조종을 한 셈이잖아?"

"그렇죠."

"그게 과학적으로 인정이 되느냐가 관건이야. 게다가 그 여자가 법정에서 마음을 바꿀 수도 있고."

"그렇게 되면 노중권이 풀려나나요?"

"아니지. 그 인간은 기타 범죄도 많아서 구속에는 문제 없어. 횡령과 비리, 뇌물수수와 제공, 불법 정치자금까지 죄다 까발겨지고 있으니까."

"그럼?"

"그래도 살인이 크잖아? 나머지는 변호사 쓸 만한 사람 내세워 맞서면 집행유예로 나올 가능성도 있고……."

"잠수가 아니라 자문 구하러 왔군요?"

"뭐 겸사겸사… 아우님이랑 시간도 가질 겸……."

"그 여자 조사는 끝났어요? 중국에서 일어난 살인까지?"

"짚어보긴 했어. 하지만 중국 공안에서도 살인 기소는 못했더군. 그쪽에서도 그 여자가 최면술의 대가라는 건 알고 있지만 건장한 남자들을 최면으로 죽였다는 건……."

믿기 어렵지?

"남자들 사인은 뭐로 나왔다죠?"

"도파민 과다 분비? 직접 사인으로 보기는 어렵지만 그게
유의점으로 나왔어."

도파민…….

"다른 건요?"

"그쪽 자료를 보니까 중국의 한 지방에서 최면으로 치료를
한 경력도 있고 그러다 부작용으로 장애인으로 만든 경우도
있더군. 하지만 그것 역시 심증은 가되 증거로 다루기는 어려
워."

"사실관계로는 받아들여질 수 있겠죠?"

"그야……."

"실험 결과 조작은 어때요?"

"당시에 실험을 보조하던 대학원생들 찾아냈어. 그들이 따
로 쓰던 노트를 봤는데 융진토이의 주장을 뒤집을 만해."

"이규리 건이 관건이군요."

"그런 셈이지."

"그럼 내가 도와드리죠."

"방법이 있어?"

"혹시 비공개 실험 같은 거 가능한가요?"

"뭐 필요하다면……"

"그렇다면 가능할 거 같네요. 그게……"

강토는 머리를 맞대고 나지막이 대안을 속삭여 주었다.

"……?"

이야기를 들은 반 검사가 눈을 휘둥그레 떴다.

"가능할까? 실패하면 오히려 우리가 무죄를 증명해 주는 꼴이야."

"성공하도록 해야죠."

"아우님!"

"그 여자, 저랑 뇌파가 맞았으니 가능할 거예요. 보세요!"

강토의 시선이 구석에서 서성이는 쥐를 겨누었다. 강토는 쥐의 콩알만 한 눈 속으로 매직 뉴런을 날렸다. 그리고 단숨에 쥐의 뇌간을 막아버렸다.

찍!

쥐는 그 자리에서 뻗어버렸다.

"……!"

"시도해 볼 만하지 않나요?"

"오케이!"

"자, 그럼 낙지나 실컷 드시고 친구분들 불러 근사한 데서 잠수타세요. 미안하지만 여긴 곧 문 닫는 곳이고 저도 내일 청와대 들어가야 하거든요."

"청와대?"

"장 고문님이 발주한 일이 있어서……."

"이제 우리 아우님이 나보다 잘 나가네?"

"그런 의미에서 오늘 술값은 제가 쏘죠. 찐한 한잔은 나중에 형님이 근사한 데서 쏘시고……."

강토는 자리를 털고 일어섰다. 마음 같아서는 코가 삐뚤어지도록 같이 마시고 싶은 강토. 하지만 덕규에게 말했다시피 술 냄새 폴폴 날리며 청와대를 들어갈 생각은 없었다.

해가 뜨기 전 강토는 뇌 과학 관련 서적을 넘겼다.

뇌파 전문가!

어떻게 가오를 잡아야 할까? 본질적으로야 시크릿 메즈를 쓰면 그만이지만 전문가다운 절차가 필요할 것 같았다. 그냥 쓱 보고 '됐어요' 할 수는 없는 일이었다.

강토는 뇌의 명상에 포커스를 맞췄다. 마음을 편안히, 좋은 생각만, 가장 행복했던 시간, 힘들었던 시간… 희로애락의 시간들을 회상하게 하면서 뇌파를 맞춰보는 척하는 것.

뇌파는…….

둥근 모양, 뾰족한 모양 등의 형상을 빌어 설명하는 것으로 가닥을 잡아보았다.

'괜찮은데?'

궁하면 통한다더니 그럴 듯한 방법을 찾은 강토였다.

"당신의 뇌파는 둥근 느낌이네요. 비리와는 거리가 먼 타입입니다!"

예행연습을 했다. 제법 마음에 들었다.

"어떠냐?"

준비를 끝낸 강토가 덕규를 돌아보았다. 아버지가 사준 양복에 벨트와 구두를 갖춰 입은 강토였다. 물론, 넥타이도 양복 속에 있었다.

"새신랑 같습니다요!"

덕규가 너스레를 떨었다.

식사는 사무실 앞의 한식집에서 했다. 주인과 한 달 정기계약을 한 것이다. 가격도 싸지만 밑반찬 맛이 좋았다.

"컨디션 어때?"

식사를 하던 덕규가 물었다. 딴에는 긴장이 되는 모양이었다.

"너나 잘해라. 응!"

"너무 그러지 마. 나 악몽 꾸었어."

"무슨?"

"형이 닭대가리가 되어서 뇌파 능력 다 잃어버리는……."

"죽을래?"

"그냥 걱정이 돼서… 다섯 명 다 뇌파가 안 맞으면 어쩌지?"

덕규가 울상을 지었다.

"그럼 이게 있잖냐?"

강토는 눈과 코를 거푸 짚어주었다.

"그게 뭐?"

"눈치코치… 알바하면서 갈고 닦은 내공은 뒀다 쌈 싸먹냐?"

"장난하지 말고."

"덕규야!"

"응?"

"걱정 말고 밥이나 든든히 먹어라. 뱃심이 생기면 뭐든 할 수 있어."

"형 진짜 강심장이다."

"어쩌겠냐? 이미 우리는 바다로 나왔는데."

강토가 물 잔을 들 때 전화가 울었다.

"이 실장님, 출발했습니까?"

육 비서관이었다.

"곧 출발하려고요."

"그럼 이따 뵙지요. 중간에 혹 일이 생기면 바로 연락주시기 바랍니다."

"그러죠."

강토는 전화를 끊었다.

"청기와?"

"그래. 출발하자!"

"오케이, 모시겠습니다!"

덕규가 일어서 식당 문을 열었다. 차 문도 열어주었다. 얼굴 표정도 변해 있다. 분위기 하나는 제대로 읽는 덕규였다.

다시 와본 청와대.

느낌은 하나도 다르지 않았다. 뭔지 모를 긴장감이 온몸에 흐르는 것이다. 동시에 참 재미없는 곳이겠다는 생각도 들었다.

"실장님!"

차 문을 열어준 덕규가 입을 열었다.

"왜?"

덕규는 말없이 주먹을 쥐어보였다. 주먹으로 보내는 파이팅. 그 마음을 아는 강토였기에 어깨를 툭 쳐주고 육 비서관을 향해 걸었다. 녹지원에서 솔향이 날아왔다. 청와대에서 그나마 가장 마음에 드는 냄새였다.

"이쪽으로!"

육 비서관이 대기실을 안내해 주었다. 대기실은 비어 있었다.

'나 말고 세 명이 더 있다고 들었는데……'

누군가를 만날 지도 모른다고 생각했던 강토, 생각과는 달리 아무도 없자 청와대의 보안에 혀를 내둘렀다. 서로 만나게 되면, 혹시 모를 사전교감을 나눌까 차단해 버리는 모양이었다.

'그렇게라도 공명한 발탁과 인사가 이루어진다면……'

나쁠 거 없었다.

잠시 후에 여직원이 들어섰다.

"차 준비해 드릴까요? 녹차도 있고 홍차… 커피……."

"커피 한 잔 부탁드려요."

"나도 한 잔!"

강토에 이어 육 비서관이 거들자 여직원은 가벼운 인사를 두고 나갔다.

"기분 어때요?"

"솔직히 여긴 좀 무겁네요."

"솔직해서 좋군요."

"장 고문님은?"

"다른 수석들과 대통령님 만나고 계실 겁니다. 오늘, 청와대에서는 큰일이거든요."

"예……."

"후보들이 들어오면 화면에 인적사항이 뜰 겁니다. 이름과 생년월일, 출생지, 간단한 약력과 경력 등이요."

"예……."

"면접관 별 면접 시간은 20분입니다. 필요하면 스크린에 메뉴가 있으니 누르세요. 자동으로 10분이 연장됩니다."

"예."

"면접관의 면접 순서는 무작위로 정해집니다. 화면에 차례를 알리는 문자가 나오면 실장님이 시작하시면 됩니다."

"예……."

"장 고문님의 기대가 큽니다."

"최선을 다할 뿐입니다."

강토가 답할 때 여직원이 들어왔다. 청와대 커피… 오늘도 황송했다. 감히 청와대에 근무하는 여직원에게서 커피 따위를 얻어마시다니…….

"밖에 같이 온 직원에게도 음료가 준비될 겁니다."

육 비서관은 강토의 짐을 덜어주었다.

"이제 슬슬 면접실로 갈 시간입니다."

"그러죠."

비서관의 말을 들으며 강토가 일어섰다. 복도는 길었다. 그러나 오래 걷지는 않았다. 저만치 직원 몇이 포진한 곳이 보이나 싶더니 그 앞에 면접실이 있었다.

〈수석비서관 면접실〉

작은 종이 안내판이 눈을 차고 들어왔다. 여기는 청와대, 일반 직원도 아닌 수석 비서관을 결정하는 면접장이지만 소박하기는 기업의 면접장과 진배가 없었다.

안으로 들어섰다.

이미 착석한 세 명의 면접관이 보였다. 나중에 안 일이지만 한 사람은 새 수석의 업무분야 전문가, 또 한 사람은 심리분석가, 또 하나는 유교학자, 마지막으로 강토는 뇌파 전문가로 자리를 맡고 있었다. 넷 중 한 사람은 여자. 심리분석가가 바로 여자였다.

"면접 시작합니다. 면접관님들은 준비하세요!"

시계를 본 육 비서관이 시작을 알렸다. 면접관들은 저마다 고개를 들어 출입구를 바라보았다. 청와대 수석, 그 첫 번째 후보자.

과연 어떤 사람이 들어올 것인가?

강토의 시선도 출입문을 향해 겨눠지고 있었다.

1번 타자는 여자였다. 둘 중 하나를 가리려는 면접. 가벼운 목례를 올린 후보자가 자리에 앉았다. 학자풍에 기자풍 분위기를 더한 여성이었다. 화면을 보았다. 눈이 부시다 못해 멀어버릴 듯한 약력이 떠올랐다.

─서울대, 대학원, 미국 시라큐스 박사.

─방송통신 위원회 부위원장.

─한국국제협력단 단장.

—서울지방 변호사회 정책특별위원회 부위원장.

—한미 FTA 당정 TF 위원장.

—한국스페셜은행 법무본부 본부장.

—국제 정책시스템 엑스포 운영위원장.

—새날당 특별정책위원.

—김 대통령 선거캠프 부대변인.

인간이 아니었다.

거기까지 읽다가 눈을 멈췄다. 이미 멀어버린 눈이라 더는 시야에 들어오지 않았다.

"청와대는 처음인가요?"

첫 번째 질문이 시작되었다. 강토는 후보자를 지켜보았다. 서두르지 않았다. 다른 사람들은 어떻게 면접을 보는지 궁금했다. 그 또한 강토에게 공부였다. 대한민국 하늘 아래, 이보다 빵빵한 면접이 어디에 있단 말인가? 삼성이나 현대, 마사회나 금융감독원 같은 곳의 면접과도 비교 불가였다.

전문적인 식견과 포부, 한국의 정체성 등에 대한 질문이 이어졌다. 현 정책의 단점과 대책 같은 것도 물었다. 전문용어가 많이 나왔다. 이따금 강토와 눈이 마주 친 후보자는 당당하게 웃었다. 구김이 하나도 없는 여자. 얼마나 승승장구하며 살아왔는지 짐작이 되었다.

두 번째 면접관에 이어 유교학자의 차례가 되었다. 그는 재미난 화두로 서전을 장식했다.

"간통제 폐지에 대해 어떻게 생각하나요?"

*   *   *

간통제 폐지!

폐지할 때도, 폐지한 후에도 말이 많은 제도. 유교학자다운 질문이었다.

"결혼은 믿음의 산물이라고 봅니다. 믿음이 견고하다면 간통제의 유무는 크게 상관이 없겠지요. 현대인들은 지적 판단력이 뛰어나니 시대적 행보에 맞춘 결과라고 생각합니다."

후보자는 예봉을 비켜갔다.

"그럼 동성결혼제도는 어떻게 생각하죠?"

두 번째 질문도 유교학자다웠다. 그러다 조금씩 수위가 높아졌다.

"청와대와 집이 동시에 폭파될 운명에 처하면 어느 쪽으로 구하러 달릴 건가요?"

후보자의 눈이 잠시 출렁거렸다. 대통령을 구할 것인가 가정을 구할 것인가? 대개는 전자에 속하겠지만 여자의 대답은 달랐다.

"집으로 가겠어요."

"이유가 있나요?"

유교학자가 두 손을 모으고 물었다.

"가화만사성이라지 않습니까? 제 집도 못 구하는 주제에 대통령을 구할 수 있을까요?"

거기서 강토, 박수를 칠 뻔했다. 유교학자의 의도는 모르지만 순발력 있는 답변만큼은 마음에 들었다. 작은 일도 못 챙기는 주제에 나랏일을 잘 챙길 리는 만무했다.

몇 가지 질문이 더 이어지면서 유교학자의 차례가 끝났다. 강토는 막간을 이용해 '유교학자'의 뇌를 열었다. 단기 기억을 만들고 있을 해마를 찾았다. 후보자에 대한 기억은 그 안에 파릇하게 자리를 잡고 있었다.

〈적합〉

유교학자는 그녀에게 합격점을 주었다. 그의 기준에서는 공감이 가는 일이었다.

세 면접관에 이어 강토 차례가 되었다.

마침내 화면에 〈시작하세요〉 라는 문자가 뜬 것이다. 그녀의 뇌파를 검증해야 할 차례. 앉아서 하면 밍밍할 것 같아 의자에서 일어섰다. 앞으로 나간 강토는 세 면접관에게도 간단하게 인사를 건넸다.

형식!

때로는 그것도 중요하니까.

"반갑습니다."

강토는 후보자 앞에 서서 여자를 바라보았다.

"굉장히 젊은 분이시네요."

후보자가 먼저 발언을 했다.

"고맙습니다."

"뇌파 검증이 있다고 들었는데… 그분?"

"맞습니다."

"잘 부탁드려요."

여자가 웃었다. 거만하지도 비굴하지도 않은 품격의 미소였다. 행동 하나하나에 귀티가 배어나오는 여자. 이런 여자랑 사는 남편은 얼마나 행복할까? 문득 그런 생각이 들었다. 전에 방송에서 들었던 뉴스 때문이었다. 그때도 여자였다. 철학 교수였다.

행복하게 사는 법.

교수는 그 강의로 굉장한 유명세를 탔다. 그러다 더 유명해지는 계기를 맞았다. 남편이 이혼소송을 벌인 것이다.

이혼소송!

있을 수 없는 일이 일어난 것이다. 남편의 주장에 의하면, 여자 또한 두 얼굴이었다. 밖에서는, 강의에서는 천사 같은 여자지만, 집에서는 남편에게는 악처에 가까웠다. 물론 이혼소송이 어떻게 끝났는지 강토는 모른다. 이후로 그 건을 잊었기 때문이었다.

〈남편〉

본격 면접에 앞서 몸풀기용 선택어를 집어넣었다. 그렇다고 직무를 벗어난 건 아니었다. 도덕적 검증이란 가정 관계 또한 포함하는 일이므로.

제일 먼저 해마가 열렸다. 그 안에 있던 시냅스들의 가시에 맺힌 그림들. 그림이 강토의 기억으로 건너왔다.

"청와대 간다고?"

커다란 거실에서 남편이 물었다. 오늘 아침의 기억이었다. 밥상은 가정부가 차리고 있었다.

"아줌마, 간단하게 샐러드 만드세요. 토마토는 꼭 3초만 데치고 올리브 오일은 새로 따서 쓰세요."

거울을 보며 여자가 말했다. 목소리는 지금과 아주 달랐다. 권위 가득, 형식적, 거기에 더해 퉁명스러움이 가득했다.

"우리 마누라 잘 나가네."

남편의 목소리도 빈정에 가깝다.

"그럼 내가 당신 같은 줄 알아요? 남자가 포부하곤……."

"내 포부가 어때서? 난 적어도 당신처럼 위선적으로 살지 않아."

위선이란다.

"그러니까 당신은 맨날 그 모양 그 꼴인 거예요."

"가면 쓰고 사는 건 행복한가?"

"혹시 몰라서 하는 말인데 기자들 만나면 셧 더 마우스 하세요. 저번처럼 입 잘못 놀리면 그냥 안 있을 줄 알아요."

"예, 어명대로 하겠나이다."

거기까지!

강토는 기억을 세워놓았다. 몸풀기로는 충분한 양이었다.

"그럼 시작해 볼까요?"

이미 전초전을 치룬 강토, 후보자를 바라보며 웃었다. 애를 썼다. 자연스럽게 보이기 위해. 조금 전에 들여다 본 후보자의 기억을 밀어내야 했다. 이 여자가 위선자일 수 있다는 선입견…….

"눈은 제게 고정하시고 가장 힘들었던 일을 생각해 주세요. 왜 힘들었는지, 무엇 때문에 힘들었는지, 그리고 어떻게 그 고난을 이길 수 있었는지……."

"네."

후보자는 해맑은 표정으로 시선을 가다듬었다.

'아카데미상급 연기자네!'

강토는 생각했다. 자신의 어두운 면을 숨기고 맑은 이미지를 만들어낼 수 있는 능력. 이보다 더한 연기자가 어디 있을까?

"다음으로 기뻤던 기억으로 갑니다. 가장 오래된 기억부터 떠올려주세요. 그리고… 그때 당신을 기쁘게 만든 사람이 누군지… 사람이 아니면 물건이나 동물도 괜찮습니다."

"……!"

여자는 나름 집중하고 있었다. 강토는 그걸 확인했다. 그녀의 대뇌피질에서 장기기억이 열리는 걸 보고 있었기 때문이었다. 그녀는 여러 기억을 열었다. 그중에서 가장 선명한 기억이 그녀의 뇌에 영상을 그려냈다. 그러면 열렸던 다른 기억들은 제자리로 돌아갔다.

아빠가 나왔다.

피아노가 나왔다.

아빠가 선물한 피아노였다. 그녀는 피아노에 먼저 키스를 했다.

"……!"

다른 면접관들도 호기심 가득한 얼굴로 집중하고 있었다. 뇌파 분석. 그들에게도 굉장한 볼거리였다.

"뇌파가 평화롭네요. 동글동글 행복으로 가득합니다. 소리가 들리는 듯하네요. 악기 같아요. 자애로운 부모님도……."

강토는 슬쩍 맛보기 능력을 선보였다. 아무 말도 없이 지나가기엔 밋밋한 까닭이었다.

"어머!"

놀란 후보자가 강토를 바라보았다.

"맞아요. 피아노였어요. 우리 아버지께서 처음으로 사준……."

"우!"

면접관 쪽에서도 탄성이 터져 나왔다.

"다음으로 갑니다. 이번에는 슬플 때입니다. 천천히… 천천히 생각하세요. 아주 천천히……."

눈을 감은 건 강토였다. 이미 그녀의 뇌를 장악한 매직 뉴런. 이제는 눈을 감아도 아무 영향이 없었다. 후보자의 뇌는 분주하게 움직였다. 강토의 능력 때문이었다. 자신이 틀리게 말하면 다 알 것 같다는 생각이 든 까닭이었다.

강토는 월권하지 않았다. 그녀에게 던진 기억만을 검증해 나갔다. 그것만으로도 충분했다.

"마지막으로 청와대에 낸 자료와, 청와대 쪽에서 확인한 것들, 틀림이 없나요? 혹시라도 빠뜨리거나 착오가 된 것은 없을까요?"

희노애락에 관한 명상(?)이 끝나자 강토는 본질적인 것을 제시했다. 도덕적 검증, 숨긴 것을 이실직고하라는 차분한 속삭임이었다.

"없어요."

"당신의 양심에 걸고 명상하세요. 당신을 위해, 대통령을 위해 필요한 일입니다."

강토는 걷던 걸음을 멈췄다. 그리고 여자의 눈동자를 집중했다. 후보자의 기억 서랍이 흔들리는 게 보였다. 작은 것부터 큰 것까지 비밀의 서랍이 열리고 있었다.

남편이 넘버원이었다. 둘은 이혼직전까지 간 적이 많았다. 지금도 그리 살가운 관계는 아니었다. 여자는 남자친구가 있었다. 이른바 직장 부부. 같은 조직에서 긴 시간을 함께 있다 보니 잡다한 일들은 그와 상의를 했다.

남자의 이름은 이경동. 정부조직의 차관보였다. 육체적으로 깊은 관계는 아니었다. 그러나 아무리 보아도 부적절했다.

두 번째는 낙태였다. 남편을 만나기 전, 그러니까 결혼 전에 여자는 사귀던 남자가 있었다. 그때 임신을 했다. 남자와 헤어지면서 아무도 몰래 중절수술을 받았다.

'설마 그게 문제가 되지는 않겠지. 벌써 몇 십 년 전 일인데…….'

세 번째는 부실기업 대출건이었다. 여자는 은행의 등을 밀어 부실기업에 100억 대의 특혜 대출을 알선했다. 대가로 받은 돈은 5억이었다. 전부 헌 돈으로 받았다.

'최 사장이 입을 열리 없으니 그건 영원한 비밀…….'

거기에 더해 스펙 부정도 나왔다. 현직 의원인 이 여자, 국제대회 위원장 자리를 돈을 뿌려 거머쥐었다. 출세의 발판으로 삼기 위해서였다. 한마디로 비리종합백화점. 이 정도면 도덕의 문제가 아니라 불법의 문제였다.

실망스러웠다.

어째서 이런 것들이 청와대에서 걸러지지 않았을까? 특히 마지막 은행 건이 그랬다.

나머지는 권력 속에 있으면 행했을 법한 것들… 그 속에도 티는 많았다. 두 동창의 딸을 국책기관의 무기 계약직 직원과 기능직 공무원으로 밀어 넣은 것. 항노화를 위해 제대혈 시술을 받은 것.

한때 한 정치인이 연회비 1억 원인 성형외과를 이용했다고 구설수에 오른 적이 있었다. 제대혈을 이용한 항노화는 엄연한 불법. 그것 하나만으로도 세파에 시달릴 일이었다. 자잘한 것들은 여기서 커트해 버렸다.

'라스트……'

진짜 마지막은 강토의 시간이었다. 도덕적 검증에 더한 충성의 검증.

'보여다오!'

그녀의 비밀…….

그녀가 누구의 사람인지!

지난번 친인척 파동을 겪은 것처럼 엉뚱한 사람에게 충성하려는 사람이 인선되면 곤란하기 때문이었다.

가만히 웃으며 주목했다. 그녀의 비밀 서랍에서 걸어 나오는 인물… 대통령이었다.

"김 의원만 믿어!"

"목숨을 걸고 일하겠어요."

"특별한 일 없으면 낙점될 거야."

"각하!"

그녀… 대통령이 미는 모양이었다. 하지만… 아니었다. 또 다른 사람이 있었다. 은밀한 곳에서 만나 사담을 나누는 두 사람의 그림… 은재구와 그녀였다.

"대통령은 지는 해라네."

은재구가 웃는다.

"그렇지요."

"자네가 청와대에서 썩을 사람인가? 대통령 보좌하며 1—2년만 썩게나. 당으로 귀환할 때는 큰 자리 하나 마련해 둘 테니."

"저는 은 의원님만 믿습니다."

둘은 신뢰가 가득한 얼굴로 서로를 바라보았다.

'은재구의 사람?'

대통령과 식사하고, 대통령과 국정을 고민했다. 하지만 그런 후에는 '반드시' 은재구를 따로 만났다. 이 또한 남편과 남자친구의 관계와 같았다. 표면적으로는 대통령의 사람이지만 그녀의 내심에는 은재구가 살고 있는 것이다.

'으음……'

강토는 판정은 당연히 부적합. 그러나 표시는 잠시 유보해 두었다. 최상위 권력층의 인물처럼 굉장한 사람들은 난생 처음인 자리. 평균적인 그림을 알아야 했다.

털면 날 수밖에 없는 먼지.

그런데 먼지가 좀 심했다. 미세먼지가 아니라 맹독성 독가스 수준이 아닌가.

두 번째 후보자가 입장했다.

이름은 조양호.

이번에는, 강토 화면이 먼저 반응을 했다. 첫 빠따로 시작하게 되는 것이다. 간단하게 약력을 살펴보았다. 앞선 후보자보다는 빈약해 보이지만 보는 재미가 쏠쏠했다.

인간으로 살아가면서 어떻게 이렇게 많은 스펙들을 쌓을 수 있는 걸까? 재미없는 비유지만 북한 권력층의 행사를 보는 것 같았다. 화면에 보면 그들 옷에 주렁주렁 달린 훈장을 볼 수 있다. 어떤 사람은 옷을 다 덮어버릴 것만 같다. 이들 후보자의 이력 또한 그렇게 보였다. 너무 많아, 오히려 거추장스러운 스펙이었다.

강토, 한 번은 외제차 페스티벌에 행사 안내 요원으로 알바를 한 적이 있었다. 세계 유수의 스포츠카들이 다 몰려온 행사였다. 대한민국 최고의 레이싱 모델들이 다 불려온 행사였다. 아우디부터 페라리, 벤츠와 에스턴마틴과 람보르기니… 거기에 올라앉은 쭉쭉빵빵한 레이싱 걸들. 단 일주일이었지만 강토의 감각은 마비되어 버렸다. 나중에는 어떤 차가 좋은 건지, 어떤 레이싱 걸들이 예쁜 건지 잊어버릴 정도였다.

그래서!

스펙은 그냥 덮어버리기로 했다. 그냥 강토식으로 가는 것이다. 어차피 스펙이나 경력을 보고 후보자를 고를 강토는 아니기 때문이었다.

마이 웨이!

나는 내 길을 간다.

강토는 강토였다.

＊　　　＊　　　＊

"안녕하세요?"

강토는 후보자에게 인사를 건넸다. 후보자는 남자였다. 50대 후반으로 소탈해 보였다. 한마디로 인상이 좋은 것이다. 진행 과정은 첫 후보자와 비슷했다. 후보자의 감정에 대한 화두를 던지고 편안한 마음을 유도한 것이다. 잠시 명상 시간도 주었다. 조금씩 섬세한 요령까지 생기는 강토였다.

그러다 그와 눈이 맞았을 때, 강토는 임무 완수를 위해 질주했다.

(비밀)

(그만의 비밀)

〈청와대에서 밝히지 못한 비밀〉

그 주제를 향해 비밀의 방에 들어섰다.

—시크릿 메즈.

명령을 받은 매직 뉴런들은 남자의 비밀의 방에 멈췄다. 그곳 시냅스들은 매직 뉴런을 막지 않았다.

차곡차곡!

첫 느낌은 그랬다. 상병쯤 되어 각이 잡힌 내무반 생활. 거기 잘 정돈된 관물대를 보는 기분이었다. 어찌나 잘 정렬이 되었는지 흠 잡을 데 없는 기억력이었다.

제일 먼저 비밀을 열었다. 남자가 감추고 싶은 비밀…….

'부탁해!'

소녀가 나왔다. 아직 어렸다. 초등학교에나 들어갔을까? 아이의 이름은 두 개였다. 이수나와 수수나. 처음에는 발음을 세게 한 차이인가 싶었지만 그건 아니었다. 남자의 딸이었다. 외국이었다. 남자가 감추고 사는 딸이었다.

남자는 외교관 출신 고위 공무원이었다. 마지막 해외 임지이던 캐나다에서 사고가 났다. 대사관의 현지 금발 여직원과 눈이 맞아버린 것이다. 남자는 원래 일밖에 모르던 사람이었다. 그러다 불행을 맞았다. 아내가 난소암에 걸린 것이다. 아이를 기대할 수 없게 되었다. 아

아이!

가질 수 없는 것은 왜 그리도 간절해지는 걸까? 의욕을 잃었다. 승진도 귀찮고 출세도 귀찮았다. 그때 그 자리에 그 여직원이 있었다. 그녀의 위로가 있었다. 둘은 선을 넘고 말았다.

남자는 한국으로 돌아왔다. 처음에는 임신을 몰랐다. 그러다 여직원이 아이를 출산한 후에 연락을 해왔다. 남자는 자신의 책임을 버리지 않았다. 아내 몰래, 아니 그 누구도 몰래 양육비를 보내며 일 년에 한 번 정도 '해외'의 딸을 찾아가 혈육의 정을 누리며 오늘에 이르렀다.

그렇기에 청와대 안테나에 잡히지 않은 비밀. 그러나 그것 하나만으로도 그는 '게임 오버'였다.

아하!

남녀 사이에 종종 일어나는 비극. 그러나 앞선 여자 후보와는 질이 달랐다. 판단을 유보하고 계속 매직 뉴런을 밀고 나갔다.

〈당신의 라인!!〉

'보여줘!'

궁금했다. 이 사람은 또 누구의 라인을 타고 이 자리에 선 것일까? 나아가 이 사람의 본심은 무엇일까? 서랍은 깊고 깊은 그곳에서 열렸다.

—김무혁.

이 사람은 새날당 대표 김무혁 의중에 가까운 사람이었다.

대통령과 함께 세 사람이 독대하는 모습이 보였다.

"숨기는 거 없지?"

김무혁이 묻는다.

"없습니다."

"대통령께 누가 되는 일이네. 아주 작은 불미스러운 일이라도 감추면 안 돼."

"저는 하늘을 우러러 깨끗합니다."

하늘을 우러러 깨끗합니다.

강토에게 그 말이 메아리가 되어 울렸다. 어디서 많이 듣던 말이었다. 죽는 날까지 하늘을 우러러… 유명한 시에 나오는 말이다.

먼 캐나다에서 일어난 일. 그 여직원과 남자만 아는 일. 아이를 좋아하지만 정식 아내는 아이를 낳을 수 없는 몸.

개인적으로는 공감할 수도 있었다. 그러나 그는 공인이었다. 혼외정사가 자유로운 프랑스가 아니었다. 강토는 거기서 차례를 끝냈다.

다음은 유교학자 차례였다.

아까와 역순으로 면접을 보는 것이다. 그렇게 첫 수석의 면접이 끝났다. 강토는 아무런 표시도 하지 않고 화면을 닫았다.

"이 선생님?"

옆에 있던 유교학자가 말을 건네 왔다.

"예."

"뇌파 분석 전문가시라고요?"

"예……."

"신기하네. 그럼 거짓말탐지기 비슷한 겁니까?"

"조금은요."

"혹시 뇌파로 못된 생각 가진 인간들 머리 청소도 가능합니까?"

"……?"

"지지직!"

유교학자는 레이저를 쏘는 시늉을 냈다.

"안 돼요?"

"글쎄요."

여운을 남기며 강토가 웃었다.

"국회로 가서서 머리에 똥만 든 국회의원들 머리청소 좀 부탁할까 했더니……."

"……."

"나라꼴이 이게 뭡니까? 다 차치하더라도 충효사상부터 살려야 해요."

유교학자가 핏대를 올린다,

"……."

"그나저나 적중률은 어떻습니까?"

"컨디션에 따라 다르죠."

강토는 또 웃어넘겼다. 생각보다 의협심에 불타는 사람인 모양이었다.

"아무튼 인성이 안 된 후보는 좀 쎄게 걸러주세요. 결국 나라도 망치고 대통령도 망치는 게 다 그 인성 안 된 보좌진들 때문입니다."

"예……."

"그런데 내 뇌는 보지 마세요. 괜히 가슴 뜨끔합니다. 나도 실은 찔리는 거 많은 사람이거든요."

유교학자가 엄살을 떨자 옆에 있던 두 면접관도 미소를 머금었다. 강토 역시, 괜한 곳에다 에너지를 낭비할 생각은 없었다.

20분 정도 휴식한 후에 두 번째 수석 검증이 시작되었다. 이번 후보자는 육 비서관이 예고한 대로 3명이었다. 첫 후보자 면접은 유교학자가 스타트를 끊었다.

"요즘 우리나라를 이끄는 근본사상이 뭐라고 생각합니까?"

"고구려의 다물정신을 국가정책에 접목할 생각이 있는 지요?"

"무너져 가는 가정을 살릴 복안은 없으신지요."

질문이 쏟아지는 동안 강토는 귀를 기울였다. 다른 면접관들의 질문도 그랬다. 일부는 메모지에도 적었다. 생애 단 한 번도 꿈꾸지 못했던 자리. 그 자리의 첫 경험을 허투루 버리고 싶지는 않았다.

다시 강토의 차례가 되었다.

〈비밀〉

이 후보의 치명적 비밀은 교통사고였다. 행정고시에 합격하고 사무관에 임용되었을 때, 한적한 지방에 출장을 나갔다가 음주운전을 했다. 심야에 숙소로 돌아가다 사람을 치었다. 당황한 그는 그대로 뺑소니를 쳤다.

다음 날 뉴스를 보고 사고를 알았다. 노인이었다. 중상이었다. 다행히 경찰은 단서를 잡지 못했다. CCTV는커녕 가로등조차 띄엄띄엄하던 시절이었다. 후보자는 자수하지 않았다. 어렵게 합격한 행정고시. 이제 겨우 꿈을 펼치던 그. 모든 것을 물거품으로 만들기는 싫었다.

두 번째는 결탁이었다. 부처에서 법안을 손질할 때 지인이 있는 단체의 편익을 봐주었다. 아파트를 두 채나 받았다. 그것 외에도 여럿이었다. 또 눈에 띈 건 직무와 관련된 정보 유출이었다. 경제부처에서 잔뼈가 굵은 그는 기업이나 정책 정보를 이용해 주식을 사들였다. 죄다 먼 친인척 명의였다. 치밀하게 머리를 쓴 것이다.

'생선 창고를 맡은 교활한 고양이였군.'

황금 스펙의 도둑고양이.

짐작은 맞았다. 그의 스펙 또한 미치도록 화려했다. 시선을 끈 건 수상경력이었다.

—청렴 공무원상 수상.

—청백리상 수상.

—청렴공무원 대통령상 수상.

—개혁 최우수 공무원 대통령 훈장.

풉!

하마터면 뿜을 뻔했다. 그야 말로 완벽한 두 얼굴이었다.

'이 인간은 대체 어떤 라인?'

진심으로 궁금했다. 강토는 확인하는 수고를 아끼지 않았다.

〈석귀동!〉

익숙지 않은 이름이 나왔다. 아직은 정치판 판세를 잘 모르는 강토. 그 또한 실력자겠지 하고 넘겨버렸다.

'혹시 성매매는?'

체크하고 싶지 않았지만 그쪽으로도 끌렸다. 이렇게 이권을 쫓는 인간이라면 그런 쪽도 밝힐 수 있기 때문이었다.

비밀의 서랍… 하나 둘 열렸다. 골프장이었다. 한국은 아니었다. 골프장에서 그를 기다리는 건 외국 여자였다.

'잘 논다.'

혀를 차면서 기억을 당겼다. 외국 여자가 방문을 열었다.

여자는, 단순한 안내자였다. 진짜는 그 안에 있었다. 결탁한 기업인이나 이익단체에서 은밀하게 딸려 보낸 한국의 연예인 지망생. 나이는 고작 스물을 갓 넘어보였다. 한두 번도 아니었다. 그 기억을 다섯 번까지 세다가 강토, 결국 소리를 지르고 말았다.

"압!"

"이선생!"

놀란 유교학자가 강토를 바라보았다.

"죄송합니다. 제 뇌파가 엉기는 바람에… 다시 하겠습니다. 편안하게… 가장 극복하기 힘들었던 순간을 생각해 주시겠습니까?"

재빨리 수습하며 후보자를 바라보는 강토, 그럼에도 목소리에 감정이 남은 걸 느꼈다. 물을 마셨다. 마음이 조금 가라앉았다. 생각 같아서는 발로 면상을 내지르고 싶은 인간. 이런 인간이 청백하네, 능력 있네 하면서 이 자리에 앉아 있다는 사실이 역겹기만 했다.

우에엑!

중요한 건 이런 사실 또한 청와대의 사전조사에서 전혀 드러나지 않았다는 사실이었다. 아니, 어쩌면 누군가가 확인하고도 묵과를 한 걸까? 기억을 열어보니 육 비서관과 청와대 실무자들이 사전 면담을 마친 상태였다. 그때도 청와대 직원들에게 명언을 남기고 있었다.

"다른 건 몰라도 비리나 도덕적 결함만은 결백하다고 자신합니다. 그 흔한 논문대필이나 부정 전출입, 다운 계약서 한 번 쓰지 않았습니다."

한없이 소탈한 표정이었다.

진리였다.

그는 논문대필을 하지 않았고 부정 전출입에 다운 계약서도 쓰지 않았다. 단지 '다른' 걸 했을 뿐이었다.

"수고하셨습니다."

목을 타고 오른 쓴물을 참으며 강토는 예의를 갖춰주었다. 정말, 본심을 이야기한다면 '이런 개자식!'이라고 후려치고 싶은 강토였다.

두 번째 후보자는 심리분석가가 선공을 취했다. 질문의 포스만으로 본다면 심리분석가의 언변이 가장 논리적이면서도 친근해 보였다. 거기에 여자라는 매력까지 더해졌다.

다시 강토 차례가 왔다.

그는 대통령이 천거한 사람이었다. 대통령이 대권을 잡기 이전부터 오랜 시간 측면 지원한 사람. 두 번의 지역구 의원 경험이 있는 사람이었다. 기억의 서랍을 여니 대통령의 한마디가 귀에 들어왔다.

"딱 한마디만 묻겠소."

"……."

"문제없지?"

"네!"

"같이 일할 수 있기를 바라네."

어느 한정식 집에서 새겨진 기억이었다. 단기 기억에서 나왔으니 오래지는 않았다. 기억이 생생해 날짜를 짚어보았다. 2주일 전이었다. 분위기로 보아 대통령은 이 사람을 염두에 둔 모양이었다. 후보의 기억도 그걸 뒷받침하고 있었다.

─따 놓은 당상이죠?

후보자의 아내였다.

─그렇다고 봐야지.

─잘하고 오세요.

아내는 후보자의 넥타이를 고쳐주었다. 2주 전보다 더 생생한 오늘 아침의 기억이었다.

'부디 그렇게 되기를.'

강토는 그의 비밀을 열었다. 그리고 진심으로 기도했다.

제발, 누구 하나라도 맑은 사람이 나와 주기를. 그 결함이나 비리가 있더라도 강토 수준에서 공감이 가는 사소한 것이기를.

"……!"

강토의 바람은 보란 듯이 빗나갔다. 그의 기억 속에 박힌 한 사람 때문이었다.

'설마⋯⋯.'

후보자도 의식하고 있었다. 그의 비밀로 자리 잡은 치명적인 결함. 그건 바로 경쟁 상대의 매수였다. 야당 의원과 치열한 경쟁을 벌이던 선거. 여론조사 3등을 달리던 여당성향 무소속 후보에게 돈자루를 안겼다. 당선이 되면 그가 경영하는 기업에 혜택도 약속했다. 그리고 당선되었다. 이때 제공한 현금은 6억 원. 그 역시 헌 돈이었다. 그 돈은 그의 주머니에서 나오지 않았다. 비서관이 기업을 쪼아 강제 '협찬'을 받아낸 것.

썩었다!

그러나 분노하지 않았다. 분노할 것도 없었다. 한둘도 아니었다. 철저하게 부패하고 철저하게 썩은 인간들이 '철저하게' 위장한 자리. 차라리 즐기자고 마음먹으니 오히려 기분이 좋아졌다.

'젠장.'

물뽕 맞은 기분이 이런 것일까?

그러나 다행히, 다 썩은 건 아니었다. 마지막으로 나온 후보에게서 위로를 얻었다. 생긴 건 우직하다 못해 돌쇠 타입인 최종 후보.

물론 작은 흠결은 있었다. 그의 비밀은 부하 직원이었다. 정부부처 고위직으로 근무할 당시, 한 간부를 불러 보신주의와 복지부동을 닦아세웠다. 지시한 일이 도무지 진행되지 않은 것이다.

그 결과 능력에 부친 간부가 자살을 해버렸다. 그에게 호되게 깨진지 나흘 후였다. 유서가 있었다. 그동안 그가 자행한 비리에 대한 소문도 뒤따랐다. 그렇다고 해도 죄책감만은 어쩔 수 없었다.

'부하 직원을 죽게 했다.'

그 날 그에게 한 질책은 아직도 깊은 트라우마로 남아 있었다.

'이 정도면……'

진심 용서할 만한 비밀이었다.

웃음이 나왔다. 비로소 지금까지 찝찝하던 입가심을 한 것 같았다.

확인사살에 들어갔다.

〈김 대통령〉

그의 기억에서 먼저 나온 건 현 대통령이었다. 그 역시 대통령의 의중을 받는 인물이었다. 그런데… 대통령 말고 또 다른 사람이 있었다.

〈이혜선 여사〉

그의 기억에서 나온 라인이었다.

누굴까?

강토는 이혜선으로 그의 기억을 다시 뒤졌다. 그랬더니…
놀랍게도 장철환이 나왔다. 정확히 말하면 장철환이 아니라
그의 모친이었다. 강토가 살렸던 그 모친. 모친이 대통령의
자문에 응해 이 사람을 추천한 것이다.

더 흥미로운 건… 그 과정이었다. 이 후보자의 이름은 공대
수. 유일하게 수석 천거를 사양한 사람이었다.

"저는 그만한 그릇이 못 됩니다. 선생님!"

공대수의 말은 또렷했다.

"대통령 옆에 정신 제대로 박힌 사람이 하나쯤은 있어야지."

이혜선은 거듭 공대수를 밀었다.

"선생님께서 그리하시니 일단 면접은 보겠지만 주제가 워낙
주제라 인맥도 없고……."

"일단 가봐. 대통령은 자네 됨됨이를 알아볼 거야."

공대수, 이혜선에 대한 신망이 높았다. 진심으로 존경하는
스승이었다. 그렇기에 제자는 스승의 권유를 따랐다.

'과연……'

이제야 반 검사의 말이 실감이 되었다. 장철환의 모친이 존
경받는 학자라던 말. 제자를 보면 스승을 알 수 있는 일이었다.

심리분석가가 마지막 질문을 하는 동안 강토는 총 정리에

들어갔다.

다섯 후보들!

화려한 스펙으로 무장하고 청와대 입성을 고대하는 대한민국 최고의 능력자들. 그러나 그들 다수의 개인적 비리와 도덕적 수준은 절망에 가까운 수준이었다.

그렇다면, 대한민국에 인재가 없는가?

그건 절대 아니올시다였다. 인재가 없는 게 아니라 자기 라인을 고집하기 때문이었다.

'그놈이 그놈이니 내 사람을!'

인재풀이 어쩌구 당파와 출신지역을 망라한이 저쩌구 하지만 겉과 속은 달랐다. 모든 것은 면피를 위한 명분일 뿐, 실제로는 내 사람을 등용하는 것이다.

강토는… 세 사람을 부적격으로 적었다. 둘은 별 토를 달지 않았다. 이유는 이렇게 준비해 두었다.

〈뇌파 불일치〉

제6장
열혈 앵커 조아인

왜?

왜 세 후보에 대해 부적격 판정을 내렸을까? 장철환은 그 이유를 궁금해했다. 면접이 끝나고 개별적으로 면접관들의 소회를 듣는 시간이었다.

장철환의 수석비서관실, 안에는 강토와 장철환, 육 비서관이 자리를 함께 했다.

"느낀 대로 말씀드리겠습니다."

강토가 입을 열었다.

"그러시게."

먼저 첫 번째 수석 후보의 여자부터 시작했다. 그냥 간단하게 정리했다.

"대통령의 사람이 아닙니다."

"뭐라?"

장철환에 이어 육 비서관도 놀라는 표정을 지었다.

"뭘 잘못 안 게 아닌가? 그 사람은 대통령 복심 중의 한 사람이야."

"압니다."

"다시 점검해 보는 게 어떻겠나? 대통령께서는 사실 그쪽으로 더 기울어 있다네."

"시간낭비입니다."

"이 실장님, 하지만 그분은 대통령의 의중이기에 우리가 네 번이나 교차 검증을……."

육 비서관까지 거들고 나섰다.

"실망이군요. 그런 데다가 대통령의 의중이라는 표현을 쓰시다니."

"……?"

"무슨 뜻인가?"

장철환이 물었다.

"겉과 속이 다르더군요."

"……?"

"그녀가 모시는 군주는 대통령이 아니라 은재구 의원이었습니다."

"……!"

장철환과 육 비서관의 동공에 지진이 이는 게 보였다. 강토는 말을 계속 이어갔다.

"이유가 필요하다면 이경동이라는 고위 공무원과의 부적절한 친분 관계를 말씀하시고 그래도 반발하면 운명전자라고 최고 은행을 통해 부정 대출 압력을 행사한 것, 국제 엑스포 위원장 자리를 돈으로 매수한 걸 제시하면 될 듯합니다."

"부정 대출 압력에 엑스포 위원장 비리까지?"

"100억 대로 보이는 건인데 대가로 5억을 현금수수했습니다."

"은행은 몰라도 엑스포 위원장은 우리도 체크했는데?"

"프랑스에 있는 본부… 거기 회장 수석비서를 통한 거래였습니다. 이름은 다니엘……."

"으음……."

신음이었다. 장철환의 미간이 무섭게 일그러졌다.

"같이 경합하던 분은 뇌파를 맞추지 못했습니다. 다만 뇌파의 반향이 원을 그리는 걸로 보아 인성이 나쁘지는 않을 듯합니다."

여자와 경합하던 후보에 대해서는 판단의 여지를 장철환에게 넘겼다. 어차피 둘 중 하나를 선택할 거라면 전자보다는 나았다.

"다음 수석팀으로 넘어갈까요?"

분위기가 가라앉은 걸 깨달은 강토가 장철환에게 물었다.

"그러시게."

장철환은 목소리를 가다듬었다.

"첫 번째 후보는 최악이었습니다."

"첫 번째 후보?"

장철환이 육 비서관을 돌아보았다.

"이영준입니다."

"그 친구라면 청백리의 표상 아닌가? 석귀동 의원 쪽에서 적극 천거한?"

"그렇게 알고 있습니다만……."

육 비사관은 난감한 듯 강토를 바라보았다.

"그분은… 오래전 일이지만 차… 뺑소니 전력도 있고 직무를 이용해서… 돈… 치부를 했으며… 해외… 여자… 성접대까지 받은 것 같습니다."

"이 실장!"

장철환이 튀어 올랐다. 거기까지는 믿을 수 없는 모양이었다.

"최선을 다해 뇌파를 맞춘 것이니 재확인해 보시기 바랍니다."

"허얼!"

"두 번째 후보 역시 부패한 전력이 보였습니다. 의원선거에서 3위를 달리던 후보를 매수한 것 같습니다. 돈이 보였는데… 헌 돈으로 6억 정도 되는 것 같습니다."

"허어얼!"

"죄송합니다만… 다들 겉과 속이 달라 놀랐습니다. 뇌에서 썩은 냄새가 나서……."

코 버렸습니다.

그 말은 생략했다.

"다 사실이라면 할 말이 없네."

장철환이 한숨을 내쉬었다.

"그래도 마지막 후보는 제 뇌파에 맑은 울림을 주었습니다. 뇌파 분석은 되지 않아 결함을 일일이 확인하지는 못했지만 반향으로 보아 문제없을 것으로 생각합니다."

"마지막이라면 공대수?"

"그렇습니다."

장철환의 말에 육 비서관이 확인을 해주었다.

"그럼 저는 이만……."

강토는 마무리를 하고 일어섰다.

"대통령과 마무리 면접을 하기 전에 재확인을 하고 연락 주겠네. 이번에는 어쨌든 진짜 소주 한잔 같이 기울여야지?"

장철환이 말했다.

"모쪼록 좋은 마무리하시기 바랍니다."

강토는 한 번 더 인사를 하고 복도로 나왔다. 착잡한 표정의 장철환을 더 보기 힘들었다. 나름 대한민국 최고의 검증라인을 가동해 확인 절차를 마친 장철환과 육 비서관이었기에 더욱 그렇게 보였다.

기다리고 있던 여직원이 현관까지 따라 나왔다. 햇빛을 보자 비로소 안도의 숨이 나왔다. 죄인으로 간 것도 아닌데 어쩐지 자유를 찾은 느낌이었다.

"형!"

주차장으로 오자 차 앞에서 서성이던 덕규가 소리쳤다.

"왜 나와서 서성거리냐?"

강토가 웃었다.

"잘 끝났습니까?"

"당연하지. 내가 피면접자냐? 면접자는 자기 꼴리는 대로 물어보면 되는 거 아니야?"

"뇌파는 다 맞았습니까?"

"반은 맞고 반은 안 맞았다."

"에이, 다 맞았어야 하는 건데."

제법 정중한 척 굴던 덕규, 그제야 본래의 모습으로 돌아가며 아쉬운 표정을 지었다.

"너무 퍼펙트하면 인생이 재미없지. 사무실로 가자."

강토는 덕규가 열어준 문을 통해 조수석에 앉았다.

"마시겠습니까? 실짱님?"

운전석으로 들어선 덕규가 '장'에 힘을 주며 캔맥주를 내밀었다.

"웬 거냐?"

"실짱님이 속 탈 줄 알고 내가 세경이 시켜서 미리 준비해 뒀지. 아이스박스에 넣어둔 거라 차끈차끈해."

차끈차끈은 차갑다는 말의 덕규 버전. 그렇잖아도 부담감 백배이던 강토, 뚜껑을 따고 반 캔을 마셔버렸다.

꿀꺽꿀꺽!

카아!

목이 툭 터졌다. 저 아래의 십이지장 입구까지 초고속으로 풀리는 것 같았다.

부릉!

차는 광화문의 도로에 올라섰다. 동대문을 지나자 전화가 들어왔다. 육 비서관이었다.

―이 실장님!

"아, 예……."

―기가 막히는군요.

"……?"

─아까 내놓은 분석 말입니다. 후보자들에게 들이댔더니 부인은 하지만 자진해서 후보 하차를 선언하더군요.

"예……."

─정말 말이 안 나옵니다. 저번에 우리가 예비 면접할 때는 그렇게 자신만만하던 사람들이 바로 백기투항이라니…….

"예……."

─장 수석님도 그렇지만 저도 정말 감사를 드립니다. 저, 진짜 실장님 팬 될 것 같습니다.

"별말씀을……."

─두 수석자리는 아마 실장님이 뇌파 불일치를 선언한 후보들에게 낙점될 거 같습니다. 대통령께서 참관하는 가운데 최종 정리를 한 거거든요.

"예……."

─그럼 들어가세요!

육 비서관의 전화가 끊겼다. 시원섭섭한 목소리였다. 동시에 강토 목에서도 꾸룩 깊은 트림이 올라왔다. 좀 전에 마신 맥주의 여분이 대장까지 내려간 모양이었다.

'기분 괜찮군.'

강토는 하늘을 보며 혼자 웃었다. 청와대 수석비서관을 골라주었다. 부도덕한 인사들을 걸러냈다. 다른 사람이 아니고 강토가 했다. 정말이지 날아갈 듯한 기분이었다.

훨훨!

딱 한 가지 단점이라면, 아직도 코에 썩은 냄새가 등천을 하고 있다는 것뿐.

뉴스가 나오고 있었다. 노중권 이야기였다. 반 검사의 수사가 종착지에 이른 모양이었다. 그런데 이야기의 화두가 재미난 곳으로 맞춰지고 있었다. 바로 뇌였다. 이유는 이규리의 살상 최면술 때문.

반 검사는 청부살인업자로 이규리와 왕펑 조직을 공개했다. 왕펑은 중국에서도 유명한 인간이었다. 그는 크고 작은 사건에 개입해 이권을 챙겼다. 이규리가 죽인 또 한 명의 중국인은 당서기급의 고위관료. 성의 이권을 차지하기 위한 범죄까지도 서슴지 않았던 그였다.

여기서 최면술이 쟁점이 되었다.

〈최면 살인〉

가능한 것인가?

방송과 신문은 그 주제로 도배가 되었다.

"가능합니까?"

"이론상으로는 충분히 가능합니다."

"원리는 뭐죠?"

"강력한 암시에 대한 자기 붕괴죠. 일반적으로는 본능적으로 그런 암시를 거부하려는 경향이 있지만 그렇지 않은 경우에는 위험합니다. 강력한 최면이란 강력한 마취가 될 수도 있는 거니까요."

반대의견도 나왔다.

"최면으로 사람을 죽인다는 건 불가능합니다. 최면은 잠재의식과의 대화에 불과합니다."

최면 전문가들의 의견이 반으로 나뉘었지만 그 또한 흥밋거리에 지나지 않았다. 이규리는 선종일을 죽였고 구속되었다. 그리고 자백을 했다. 팩트가 명백하기 때문이었다.

무엇보다 지탄을 받는 건 노중권이었다. 그는 당시 융진토어의 총사령탑. 환경호르몬의 독성을 감추기 위해 선종일을 매수하려한 것으로도 모자라 타국인까지 끌어들여 청부살인을 자행했기 때문이었다.

—기업윤리 상실.

—불매운동.

—융진토이 폐업.

당시의 피해자들을 중심으로 힘을 얻으면서 걷잡을 수 없는 불길이 치솟기 시작했다.

노중권은 일부 사실을 인정했다. 다만 정부기관이나 정치권과의 관련설은 강력하게 부인했다. 하지만 단서가 그 발목을 잡았다. 그는 이미 여당 핵심부의 눈에 든 사람. 그들과의 교분이 시작되면서 여기저기서 정황이 나온 것이다. 게다가, 졸지에 지는 해가 된 노중권. 측근으로 있던 직원들의 변심도 있었다. 압수수색에서 얻은 성과도 많았다.

융진 측은 융진케미칼을 이끌던 노중권을 전격 해임하고 신임 사장단으로 비상대책반을 구성했다. 관련 제품의 원료 교체도 친환경 원료로 갈 것을 발표했다. 그러나 사과는 어정쩡했다. 제품 자체의 문제보다는 노중권의 부도덕함과 무성의한 대응 쪽으로 가닥을 잡은 것이다.

다음으로 청와대 인선 결과가 발표되었다. 발표자는 부대변인이었다. 새로 인선된 두 수석은 강토가 찜한 두 사람이었다. 야당 쪽에서 기대에 못 미치는 인선이라고 딴죽을 걸었다. 대통령의 독선 정치가 깊어진다는 독설도 나왔다. 그러나 다른 수석들에 대한 반감보다는 덜 하다는 게 정치권의 판단이었다. 그중 하나가 이혜선 때문이었다. 그녀가 추천한 공대 수가 여야 공히 합격점을 받은 것이다.

이혜선······.

그녀의 안목에는 강토도 박수를 보냈다.

"형!"

텔레비전 앞에서 컵라면을 먹던 덕규가 엄지를 세워주었다. 강토는 리모콘을 눌러 화면을 꺼버렸다. 벙커 안에 잠시 고요가 찾아왔다.

"으아, 우리 엄마 이 사실 알면 또 동네잔치 열 걸?"

덕규는 여전히 흥분해 있었다.

"뭐?"

"청와대 수석비서관 인선 말이야. 저 자리에 나도 있었잖아?"

덕규? 물론 있었다. 청와대의 주차장. 그곳까지 강토를 데려간 것도 덕규였으니 틀린 말도 아니었다.

"나 내가 막 자랑스러워지는 거 있지?"

"니가 어때서?"

강토가 맞받았다. 괜한 말은 아니었다. 조금 좋은 학교, 조금 좋은 배경… 그걸 못 가지고 산다고 흙수저 비관론에 싸일 필요는 없었다. 무지 좋은 스펙, 그걸 가지고도 마음속에 악취를 쌓아가며 사는 인간도 많으니까. 저 높은 곳에 계시는 분들……

습격을 받았다.

습격자는 GBS 방송국 기자들이었다. 어떻게 안 걸까? 그들은 청와대 수석 인선 면접관 4인방에 강토가 있음을 알아냈다. 하긴 면접관이 무려 네 명이었다. 게다가 그 넷을 섭외한 사람도 있을 일. 그렇게 따지면 발설처는 기하급수적으로 늘어날 판이었다.

최면 살인이 문제였다. 어제 나온 최면 살인이 기자들의 '촉'을 자극한 모양이었다.

뇌파로 사람을 분석하는 전문가!

그들은 강토를 그렇게 알고 있었다. 획기적이라고 했다. 기계장치도 아니고 사람이었다. 사주나 관상 등의 기존 방법도 아니었다. 뇌파 분석이라는 건 어쩐지, 과학적인 이미지가 강했던 것이다.

전화를 받은 강토, 어쩔까 고민했다. 그러다 '콜' 쪽으로 가닥을 잡았다. 이미 신분이 노출되었다면 피해서 끝날 일이 아니었다. 그렇게 되면 오히려 추측 기사가 나갈 수 있었다. 그보다는 차라리, 적극적인 대응으로 여론을 주도하는 게 나았다.

인터뷰를 수락했다.

사무실에 법석이 일었다. 수컷 전용 벙커에 미녀가 방문하는 것 같은 부산이었다. 남자 냄새 나는 벙커에 미녀가 찾아온다면? 당연히 때 빼고 광내고 해야 할 일이었다. 깔끔한 남자의 이미지를 풍겨야 하는 것.

덕규와 세경이 청소 로봇처럼 움직였다. 닦고 쓸고 정돈하고… 화분을 정리하고 작은 장식용 화분 몇 개를 전면에 배치하니 사무실이 변신을 했다. 제법 그럴 듯한 튜닝이었다.

"안녕하세요?"

기자들 대표로 들어선 건 여자였다. 화면에서나 보던 인기 앵커 조아인. 놀랍게도 그녀가 직접 등장한 것이다. 카메라는 들어서자마자 멋대로 곳곳을 훑으려했다. 강토의 눈짓을 받은 덕규가 실력행사에 나섰다.

"가이드라인 있습니다!"

덕규, 묵직하게 기선을 제압했다. 그 방면으로는 제법 일가견이 있는 덕규였다. 자란 환경이 거칠다 보니 양아치들을 많이 상대한 덕규. 눈에 힘주는 일에는 익숙했던 것이다.

"좀 봐주세요."

앵커가 넉살을 떨었다. 좌중을 압도할 것 같은 포스까지 갖춘 앵커, 그러면서도 예뻤다. 우유로 만든 것처럼 뽀얀 피부에 오뚝한 입술은 강토의 뇌까지도 자극하기에 충분했다.

'오버하지 마, 세로토닌······.'

강토는 자가 최면을 걸었다.

'출동하라 멜라토닌!'

설렘을 가속하는 세로토닌을 제어하고 마음을 편하게 만드는 멜라토닌에게 SOS를 쳤지만 거절당했다. 매직 뉴런도 앵커가 마음에 드는 모양이었다.

윽!

매직 뉴런의 소유자도 제 마음만은 마음대로 되지 않았다.

"죄송하지만 조건이 있습니다."

강토가 운을 떼고 들어갔다. 앵커가 귀를 기울였다.

"먼저 인터뷰할 내용을 알려주세요. 그 외의 일은 편집입니다. 거절하시면 인터뷰는 거절합니다."

"그냥 자연스럽게 응하시면 되는 데요. 인터뷰 끝나면 가편집본을 보여드릴 게요. 그때 조율하시면."

"안 됩니다."

강토는 거듭 칼을 뽑았다. 주도권만은 넘길 생각이 없는 강토였다.

*　　　*　　　*

다른 일도 아니고 청와대를 다녀온 일이었다. 한편으로는 자랑이 될 수도 있지만 또 한편으로는 말 한마디 잘못으로 훅 갈 수도 있는 일. 더구나 강토, 이들이 온 목적도 짐작하고 있었다. 이번에 이슈가 되고 있는 최면 살인과 매칭시킬 것이 분명했다.

최면 VS 뇌파 분석!

앵커의 연결능력에 따라 국민적 호기심을 자극할 수도 있는 매칭이었다. 강토의 의지가 단호했으므로 의견은 받아들여졌다.

"먼저 뇌파 분석이라는 걸 좀 쉽게 알려주시겠어요? 아무래도 생소한 개념 같아서 말이죠. 뇌파로 사람의 선악을 구분하는 게 가능한가요?"

앵커의 선공이 날아왔다.

"과학적인 설명은 어렵습니다. 일종의 감이에요. 우리 뇌에서는 알파, 베타, 델타, 세타파 같은 뇌파가 나오는데 인성에 따라 각기 고유한 느낌이 있지요. 예를 들어 눈처럼요. 눈을 보면 그 사람이 어떤 마음가짐인지 알 수 있지요. 화가 났는지 기쁜지 선량한지 악한지… 눈은 마음의 창이니까요."

"눈은 시각적으로 확인이 되지만 뇌파는 다르지 않나요? 보이지도 않는 데다 정밀기기로 측정을 해도 특정 뇌파는 측정하기 어렵다고 들었습니다."

앵커는 공부를 많이 하고 왔다. 얼굴만 예쁜 게 아니었다.

"세상에는 조금 다른 능력을 가진 사람들이 많지요. 무속에 보면 영시(靈視)라고 귀신을 보는 무속인들이 있습니다. 염력으로 물체를 움직이는 사람도 있고 전생을 보는 사람들도 있어요. 일반적인 것은 아니지만 제 뇌파 분석의 경우에도 그런 쪽으로 이해하시면 될 것 같습니다."

"척보면 그 사람의 뇌 상태가 보인다는 건가요? 나쁜 사람인지 좋은 사람인지?"

"100%는 아니지만 상당 부분 가능합니다. 뇌파의 느낌과 구성을 보면 인성 상태를 알 수 있거든요."

"조금 쉽게 설명하신다면?"

"바른 인성을 가진 사람은 뇌파가 원형에 가깝습니다. 반대로 바르지 않은 인성을 가진 사람은 각이 지지요. 각이 날카롭고 돌기가 느껴지는 사람은 국가적 업무나 대중을 이끄는 리더로서 적합하지 않습니다."

"청와대 수석 인선의 경우에도 그랬나요? 후보 검증을 받으신 분들?"

청와대 언급은 하지 않기로 한 사안. 느닷없이 앵커가 선을 넘어왔다. 열혈 앵커다운 도발이었다.

"후보 검증은 저 혼자 한 게 아닙니다. 여러 단계를 거쳤으니 저는 n분의 1의 역할이었겠죠."

강토는 가볍게 올가미를 빠져나왔다.

"이야기를 일상으로 돌려보죠. 그럼 뇌파 분석이 연인사이에도 의미가 있나요? 예를 들면 양다리 걸친 남자라든가 불륜을 저지르는 상대방……."

"뇌파만 맞는다면 충분히 가능합니다."

"상대가 나를 좋아하는지 싫어하는 지도요?"

"그것도 두 사람 뇌파의 형태 비교를 통해 알 수 있지요."

"그렇다면 선생님 분석의 신뢰도는 어느 정도라고 생각하나요?"

목적을 달성하지 못한 앵커, 이번에는 다른 갈기를 세워보였다. 뜨거운 감자를 던져놓는 것이다.

뭐라고 말할까?

강토는 잠시 생각했다. 방송이었다. 신뢰도를 너무 낮아도 문제가 될 것이고 너무 높게 잡아도 문제가 될 일이었다.

"제가 맡은 일에는 책임을 집니다. 그건 약속할 수 있습니다."

두루뭉술하게 넘어갔다. 그게 좋을 것 같았다.

"마지막으로 저는 어떤가요? 시청자들에게 맛보기로 주제를 정해서 한 번 시연해 주실 수 있나요?"

이제는 증명을 하려는 앵커.

"조금 전 말씀드렸다시피 제 분석의 원리는 상호 뇌파의 일치입니다. 앵커님이 미녀라서 그런 지 뇌파가 일치되지 않는군요. 저 뒤의 카메라 기자님은 맞는 것 같습니다만."

강토는 앵커의 예봉을 한 번 더 피했다.

(뇌파 일치에는 전제조건이 있다)

안전장치를 만천하에 공표해 버린 것이다.

"박 기자님!"

앵커가 부르자 2번 카메라 기자가 다가왔다. 강토는 잠시 뜸을 들이며 기자와 마주 앉았다. 어색하지만, 얼굴을 마주하는 형식적 절차를 밟았다.

"이 기자님은 삼각 뇌파입니다. 자신이 원하는 일은 시간

불문 장소 불문 사람 불문이지만 그렇지 않은 경우에는 까탈스럽군요. 뇌파로 보아 자신이 좋아하는 전문분야에 종사하는 게 좋을 듯하니 카메라 기자가 천직입니다. 어릴 때부터 카메라 하나면 밥 안 먹어도 배부르죠. 본인도 무척 만족하고 있을 테고요."

"억!"

기자는 비명 비슷한 소리를 내며 흔들렸다. 한 치의 틀림도 없기 때문이었다.

'당연한 일.'

강토는 혼자 웃었다. 기자가 걸어올 때 강토의 매직 뉴런은 이미 그의 기억 속으로 들어가 있었다. 다른 것은 보지 않았다. 공개적으로 말할 수 있는 것. 그러자면 직업의 만족도에 대해 알아보는 게 가장 무난할 것으로 생각했다.

카메라 기자!

강토의 선택어는 그것이었다. 그 단어를 받아든 매직 뉴런들은 기자의 기억에서 관련 사항을 전부 끌어내 주었다. 그건 기자의 오랜 꿈이었다. 중학교 때부터 카메라를 끼고 살았다. 어떤 날은 분해와 조립을 반복하며 밤을 새운 날도 있었다. 좋아하는 일에 끝장을 보는 것. 그건 그의 기억으로 알 수 있는 일이었다.

"맞아요?"

앵커가 기자를 돌아보았다. 기자는 사색이 된 채 고개를 끄덕거렸다.

"박 기자 반응을 보니 참 아쉽군요. 저하고도 뇌파가 맞았으면 좋았을 것을… 이상으로 뇌파 분석 전문가로 급부상한 이강토 선생님과의 인터뷰를 마칩니다."

앵커가 마이크를 껐다. 그러자 여기저기서 참고 있던 잡소리들이 제 소리를 내기 시작했다.

"수고하셨어요."

앵커가 활짝 웃으며 손을 내밀었다. 거침없는 미소가 시원해 보였다.

"그쪽도요. 중간에 돌발 질문 옥에 티는 좀 아쉬웠지만요… 그거 편집 안 할 거죠?"

앵커의 성향을 보니 답이 나왔다.

"직업정신이에요. 저도 모르게 그런단 말이죠."

쿨하게 정면승부를 걸어오는 앵커. 소소한 핑계 따위는 대지 않는다.

"근성만은 높이 사드려야겠군요."

"그나저나 뇌파 말이에요, 저 다시 한 번 해보시면 안 돼요? 박 기자 반응을 보니 너무 신기해서요."

"그럴까요?"

강토는 앵커의 부탁을 접수했다. 하지만 이번에도 매직 뉴런은 출동시키지 않았다. 안 되는 사람도 있다는 것, 그건 강토가 지켜야 하는 마지노선이었다.

마지노선.

결코 넘지 않았다.

실제로도 강토, 앵커의 뇌를 들여다보지 않았다.

방송이 나갔다. 그 반향은 뜨겁다 못해 콸콸 끓어올랐다. 특히 인터넷 공간에서 그랬다.

"뇌파로 마음을 읽는다."

"뇌파로 배신자를 알아낸다."

"뇌파로 기억을 지배한다."

인간 상상력의 끝은 어디일까? 네티즌들의 상상 댓글은 강토의 본질까지 다가오고 있었다. 그것들을 재해석한 블로그나 카페글은 더욱 그랬다.

―뇌파 분석, 당신의 모든 것을 알 수 있다.

마침내 어떤 결론은 거기까지 닿고 있었다.

그나마 그 여파가 오프라인이 아니라 인터넷 공간 중심인 건 강토가 취한 신비주의 전략 덕분이었다. 뇌파 이외의 개인적인 건 무엇도 공개하지 않은 게 적중한 것이다.

그렇다고 완전히 잠잠한 건 아니었다. 강토의 전화가 자주 울린 것이다. 오는 대로 받았다. 그러다 인터뷰를 다녀간 앵커 조아인의 전화를 받게 되었다.

"미안하지만 아주 딱한 분이 있어서요. 선생님 뵙기를 원하는데 연락처 드려도 될까요?"

"그건 좀……."

강토가 선을 그었다. 삐 컨설팅. 의뢰를 받는 건 맞았다. 하지만 장난거리 비슷한 일까지 밀려들면 곤란했다. 강토가 심부름센터를 차린 건 아니기 때문이었다.

"제가 보기엔 대표님 사명인 거 같아요. 죽은 사람 소원도 들어준다는 데 일단 통화만이라도 해보시죠. 좋은 일도 좀 하면서 사셔야죠."

통화 속에서도 그녀의 정의감이 불타는 게 느껴졌다. 강토는 그 떡밥을 물어주었다. 까짓 전화도 못 받으랴 싶었던 것이다.

"여보세요?"

10분쯤 후에 울먹이는 전화가 한 통 걸려왔다. 30대 후반의 여자 목소리였다. 여자는 다짜고짜 울음 섞인 절규를 시작했다.

"선생님, 우리 불쌍한 은서 좀 살려주세요!"

살려줘?

다시 들어도 그 단어는 변하지 않았다.

바아앙!

차는 시원하게 질주했다. 상계동 쪽으로 향하는 길이었다. 목적지는 그곳을 대표하는 대학병원이었다. 조금 전 통화한 아줌마를 찾아가는 중이었다.

살려주세요!

그 말은 비열한 범죄와 연관되어 있었다. 아줌마가 말한 은서. 그녀의 딸이었다. 고작 일곱 살이었다. 그 딸은 지금 대학병원에 누워 있다. 중환자실이었다.

"글쎄 우리 딸이 무슨 죄가 있다고……."

아줌마의 목소리가 소음을 타고 스쳐갔다.

아줌마의 딸 은서.

1학년이었다. 아빠를 잃고 홀몸으로 딸을 키우는 아줌마. 빌딩 청소를 맡고 있어 아침 일찍 나간다. 예쁜 딸의 머리조차 못 묶어주고 가는 게 늘 마음 아팠다. 그래도 은서는 씩씩했다. 엉성하지만 제 손으로 띄엄띄엄 머리를 빗고 학교로 간다. 또래답지 않게 불평 한 번 없었다. 엄마는 그래서 더 은서에게 미안했다.

오늘은 아줌마의 월급날.

모처럼 저녁에 피자를 시켜먹기로 했다. 그 바람에 은서는 잠까지 설쳤다.

"엄마, 어떤 피자 시킬까?"

딸은 며칠 전부터 전단지를 들고 좋아했다. 모처럼의 기회라서 그런지 메뉴도 자주 바뀌었다.

―그제는 치즈피자.

―어제는 불고기피자.

―오늘은 베이컨피자…….

결국 최종 결정은 치즈피자로 하고 그 사진에 동그라미를 친 은서였다. 그렇게 부푼 마음으로 학교로 달려갔을 은서. 엄마가 달려왔을 때 은서는 병원에 있었다. 그것도 의식조차 없는 채. 그것도 성폭행을 당한 채.

성폭행!

그 말에 아줌마는 바로 정신을 잃었다. 이제 일곱 살인 은서. 성폭행이라는 단어를 떠올릴 수도 없는 어린 아이. 그러나 엄연한 현실이었다.

등굣길에 일어났지만 범행 장소는 으슥한 건물 뒤쪽이었다. 버려진 차가 두 대가 방치되어 있어 술 취한 취객들이 소변이나 싸질러대는 곳이었다.

그 흔한 CCTV도 목격자도 없었다. 뚜렷한 건 현장에 흘려진 낭자한 혈흔과 거기서 기어 나와 길바닥에 쓰러진 은서뿐.

은서를 진단한 의사들은 고개를 저었다. 정신적 육체적 충격으로 의식을 잃은 상태. 피해자가 이 지경이니 경찰도 속수무책이었다. 며칠 동안 주변을 탐문했지만 단서를 잡지 못한 것이다.

아줌마가 원하는 건 단 하나였다.

범인 검거!

은서의 목숨이야 이왕에 경각에 달린 것. 의식이 없어지면서 뇌 기능까지 떨어져 고작 숨만 붙은 상황이기 때문이었다. 그렇기에 아줌마, 최악의 상황이 오더라도 딸의 한은 풀어주고 싶었다. 이 어린 꽃을 이토록 잔인하게 짓밟은 그 짐승에게.

"선생님!"

병원 주차장, 미리 나와 있던 아줌마는 강토를 확인하고 무릎부터 꿇었다.

"아주머니……."

"제발요… 그 뇌파 분석요… 그걸로 범인 좀 잡게 도와주세요. 제 소원이에요!"

"……."

"보세요. 저 칼도 가지고 다녀요. 경찰도 못 잡는 그놈. 잡히기만 하면 그놈 찔러죽이고 은서랑 같이 죽을 거예요. 죽어서나마 우리 은서를 지켜줘야죠."

"……."

"우리 은서… 얼마나 무서웠을까요? 얼마나……."

아줌마의 절규가 고스란히 전해왔다. 강토는 뜨끈해지는

콧날을 숨기며 아줌마를 일으켜 세웠다.

"그 칼은 이리 주세요."

"……"

"어서요."

한 번 더 재촉하자 아줌마는 칼을 넘겨주었다.

"최선을 다해보긴 할 게요. 하지만 장담은 못 해요."

진심이었다. 진심으로 도와주고 싶었다. 물론 유사한 경험은 있었다. 뇌진탕의 조철주에게서도 통한 매직 뉴런. 하지만 뇌는 섬세하고 복잡한 기관. 뇌진탕과, 공포로 인한 의식 상실은 완전히 다른 갈래였다.

"부탁해요. 부탁해요, 선생님!"

아줌마는 또 한 번 무너졌다.

은서!

그 아이와 만났다. 중환자실의 구석이었다. 낯익은 곳이었다. 얼마 전에는 강토도 거기 있었다. 차 박사와 나란히 누워 있던 그때… 서러웠다. 중환자실에 누워 있던 그 순간, 똑같은 환자지만 차 박사에 비해 벌레 대접을 받던 그때…….

강토는 은서를 바라보았다. 온몸에 붕대 투성이였다. 특히 하반신이 더 했다. 어이가 없었다. 대체 어떤 인간이, 이 어린 아이를 두고, 그것도 이른 아침에…….

'정신병자가 아니고서야.'

바들거리는 감정을 억제하고 은서의 이마를 짚었다. 그나마 아이의 몸에서 성한 데가 많은 곳이었다.

'헤이, 차태혁!'

오랜 만의 6번 뇌 주인의 이름을 불렀다.

'네 한도 이 정도는 깊었겠지?'

그랬겠지. 아니, 어쩌면 더 깊었겠지. 하지만 절정에 이르면 말이야 거기서 '조금 더'는 중요하지 않잖아? 안 그래?

마음을 가다듬으며 소망했다. 부디, 강토 머리에 살림을 차린 매직 뉴런이 이 아이에게 통할 수 있기를.

'부탁해!'

어느 때보다 간절한 소망으로 은서의 눈꺼풀을 열었다. 그리고… 뒤집힌 은서의 눈을 통해 매직 뉴런을 고이 밀어 넣었다. 아이가 놀라지 않게 조심스레……

전전두엽으로 들어섰다. 은서의 뇌 안은 슬펐다. 켜켜이 공포가 내린 비참한 풍경. 절망이 벽을 이룬 세상에 도착한 느낌이었다. 곳곳에 장애물이 있었다. 놀란 상태로 뇌가 정지되어 버린 것이다.

'부탁해.'

한 번 더 소망을 더해 매직 뉴런을 재촉했다. 뉴런들은 이온을 뿜으며 시냅스 가지를 팔랑거렸다. 얼마나 지났을까? 이온에 대한 반응이 조금씩 올라오기 시작했다. 아이의 뇌 안에 성상교세포가 늘어나기 시작한 것이다.

성상교세포는 글리아세포의 일종으로 뉴런의 네트워크와 교류하는 물질. 그런 물질이 늘어난다는 건 은서의 뉴런이 잠을 깰 여지도 함께 늘어났다는 뜻이었다. 예상은 맞았다. 거의 다운 직전까지 갔던 은서의 뉴런들이 하나 둘 반응하기 시작했다.

'된다!'

강토, 머리카락이 쭈뼛 서기 시작했다.

*   *   *

반응을 느낀 강토, 매직 뉴런에 힘을 보태주었다. 둘, 넷, 여덟, 열여섯, 서른 둘… 시냅스 결합에 가속이 붙기 시작했다.

화아악!

그러다 어느 시점이 되자 은서의 뇌 안에 작은 불이 켜졌다. 깨어나는 것은 아니지만 매직 뉴런이 들어갈 정도의 길은 터준 것이다.

'편도체와 해마!'

강토는 목적지를 짚어주었다. 공포와 관련된 곳은 주로 그곳. 더구나 해마라면 단기 기억이 있는 곳이니 범행 기억도 거기 있을 수 있었다.

편도체는 뇌 깊숙이 존재한다. 그곳에는 행복과 불행을 인지하는 뇌세포가 살고 있다. 해마 역시 거기서 가까웠다.

"……!"

편도체에 도달한 매직 뉴런을 보자 강토의 몸이 대신 움찔거렸다. 그곳 역시 공포의 극한에서 마비되어 있었다. 그 공포의 크기가 뇌 기능 전체를 세워 버린 것이다. 일단 편도체부터 어루만져주었다. 공포의 반대 물질 분비를 도와 마비를 풀어준 것.

가자!

가자!

이 가련한 아이를 위해.

어지럼증이 살짝 왔지만 참았다. 시간은 좀 걸렸다. 겨우 마비를 풀자 뇌 조직이 조금 느슨해지는 게 느껴졌다. 그 여세를 몰아 해마로 옮겨갔다. 해마는 아주 유연한 구조를 가지고 있다. 그곳에서 기억의 시냅스를 체크했다. 시간 낭비할 것 없이 시냅스 가시가 확실한 것을 찾았다. 이 일은 은서에게 최악의 기억이었을 일. 그러니 다른 가시에 비해 도드라질 게 분명했다.

그런 시냅스가 나왔다. 괴물에 비유될 정도로 거칠고 사나운 느낌의 가시였다. 강토는 그 기억을 열었다.

"야!"

깜짝 놀랐다.

목소리 때문이었다. 은서의 기억에서 남자의 목소리가 나온 것이다.

"……?"

등굣길의 은서가 우두커니 돌아보았다. 남자 얼굴이 보였다. 술에 취해 버려진 차 옆에서 헤롱거리던 남자였다. 그게 악몽의 시작이었다. 은서는 그냥 지나갔어야 했다. 하지만 다리가 마비되었다. 어쩔 줄 모르는 은서의 손을 몇 발 다가온 악마가 잡아당겼다.

"씨발!"

낮은 욕설도 들렸다. 곧이어 은서 앞에 지옥이 펼쳐졌다. 누런 이를 드러내고 은서의 온몸을 핥아대는 남자.

"안 돼요!"

은서가 말했지만 돌아온 건 무자비한 주먹질이었다. 남자는… 은서의 옷을 벗겨 내렸다.

안 돼요.

은서는 끝까지 말했다. 다만 목소리가 점점 작아질 뿐이었다. 남자가 떠난 후에 피투성이가 되어 길목으로 기어 나온 은서가 마지막으로 한 말도 그랬다고 한다.

안 돼요!

떨렸다.

악마에게 당하는 은서만큼이나 떨었다. 그래도 강토, 분노
하지는 않았다. 그따위 분노는 은서와 아줌마에게 도움이 될
일이 아니었다. 그저 집중했다. 오직 남자의 기억… 인간이 아
닌 그 악마의 기억…….

쉽지는 않았다.

은서의 공포 때문이었다. 겁에 질렸기 때문에 남자의 얼굴
을 똑바로 보지 못한 것이다. 어쩌다 정면일 때는 악마의 얼
굴이 눈에서 너무 가까워 포커스가 맞지 않았다.

젠장!

기억의 필름을 다시 돌렸다. 찾아야만 했다. 이 남자의 특
징… 이 악마의 특징.

―점…….

없었다.

―상처…….

없었다.

―목걸이…….

그런 것도 없었다.

그러나 있었다. 악마의 희번덕 벌어진 입. 술 냄새와 욕망
으로 범벅된 그 입… 혀를 날름거릴 때마다 드러난 이빨… 이
빨의 의치와 금으로 때운 흔적…….

"후우!"

거우 미션을 달성한 강토가 한숨을 쉬며 물러났다.

"선생님!"

옆을 지키던 아줌마가 강토를 바라보았다.

"몇 가지는 알아냈어요."

"정말요?"

아줌마의 목소리가 중환자실에 울려 퍼졌다.

강토는 반 검사에게 전화를 걸었다. 경찰에게 설명하는 것보다는 나을 것 같았다. 게다가 그는 검사. 경찰이 무시할 수 없는 자리였다.

"선생님, 이거요."

아줌마가 봉투 하나를 내밀었다. 꼬질꼬질 때가 묻고 구김이 많은 봉투였다.

"형편이 넉넉지 않아서 많이 못 넣었어요."

아줌마의 눈에 눈물이 고이는 게 보였다. 봉투를 받아들었다. 안 받아요 어쩌고 하면서 아줌마의 에너지를 소비시킬 마음은 없었다. 봉투는 원무과에 건네면 될 일이었다. 은서의 치료비에 보태라고.

"하느님, 제발 범인이 꼭 잡히게 해주세요."

아줌마는 은서의 작은 손을 꼭 잡았다. 강토는 보았다. 은서의 머리가 조금 더 맑아진 듯한 느낌. 시간이 걸리겠지만 어쩌면, 은서는 정신을 차릴 것만 같았다.

'그때 보자.'

강토는 다음을 기약했다. 은서의 뇌에 또렷하게 각인된 공포. 당장에라도 도움을 주고 싶지만 아직은 시기상조였다. 범인이 잡히면, 은서가 정신을 차리면, 증언을 해야 하는 과정이 남은 까닭이었다. 미리 기억을 지웠다가,

"저는 그런 적 없는 데요."

하게 되면 대략 난감일 테니까.

범인은 어이없을 정도로 빨리 잡혔다. 치과의 협조 덕분이었다. 반 검사의 제보(?)를 받은 경찰은 빠르게 대처했다. 인근의 치과를 중심으로 차근차근 협조를 요청해 진료기록을 확인한 것.

─성별 남자.

─연령 60대 초반쯤.

─어금니 금니 두 개, 위쪽 송곳니 의치.

그건 치명적인 단서였다. 당장 세 군데 치과에서 연락이 왔다. 치과의사들도 사건 보도를 보고 분노하던 차, 시간을 아까지 않고 협조해 준 까닭이었다.

범인은 가까운 곳에 있었다. 잘 아는 사람은 아니지만 인근에 사는 자영업자였다. 최근 장사가 안 되자 친구들과 밤새 술을 마신 범인. 범행 장소에 이르러 길바닥에 졸은 후에 깨

어났다. 알딸딸한 아침이 되니 사타구니에 혈액이 돌았다. 마침 은서를 발견했다. 그 자신, 나름 애를 쓴 인생인데도 늘 쓴잔을 마셔온 사람. 마지막 재산까지 털어 시작한 장사마저 기울자 사회에 한을 가진 참이었다.

그 분풀이를 어이없게도, 어린 은서에게 했던 남자. 수갑을 받으며 고개 떨군 모습은 평범한 이웃 아저씨와 다르지 않았다고 한다.

─인간은 두 얼굴!

강토는 다시 한 번 인간의 이중성에 대해 절감했다. 물론, 모든 사람이 그런 건 아니지만……

범인 검거에 못지않은 보람을 안겨준 건 조아인 앵커였다. 그냥 지나쳐도 그만일 일이었지만 그녀는 자기 일처럼 고마움을 전해왔다.

"언제 차 한번 살 테니 시간 좀 내세요."

어쩌면 일방적인 것도 같은 제의. 강토는 그 콜을 기꺼이 받았다. 예뻐서가 아니라 시원시원해서였다.

"진짜 대단했어, 이 실장!"

다음 날 만난 이성표는 자기 일처럼 좋아했다. 어제 저녁에 나간 뉴스 때문이었다. 조아인이 강토 소식을 뉴스에 욱여넣은 것이다.

'뇌파 분석 전문가 이강토 씨, 오리무중 어린이 성폭행 사건에 결정적 단서 제공.'

보도는 범인 검거 중심이었지만 한 줄의 언급이 이성표의 마음에 깊이 남았다.

"운 좋게 뇌파가 맞았어요."

강토는 대충 둘러댔다.

"걱정되네. 이러다 세계적인 큰 손들이 이 실장 채갈까 봐……."

이성표가 엄살을 떨었다.

"채가긴요. 저도 이미 대표인데 가긴 어딜 갑니까? 합작 같은 거면 몰라도……."

"우리 전속 계약해야 하는 거 아니야? 내가 의뢰하는 건 100% 받아준다 같은……."

"걱정 마세요. 저 은혜 모르는 인간 아닙니다."

강토는 아버지의 일을 생각했다. 그 발단은 물론 장철환이었다. 장철환이 이성표를 내세운 일. 그러나 실무자는 역시 이성표였다. 게다가 마무리 역시 이성표 작품. 아버지에게 걸었던 옵션을 깔끔하게 치워주지 않았던가?

"그리고 보면 이제 내 운도 풀릴 모양이란 말이지. 이 실장 같은 대물을 다 만나고……."

"대물은… 아, 자꾸 그러지 마세요."

"일 어때? 막 밀려들지 않아?"

"천천히 적응하려고요. 일 많이 벌릴 규모도 아니고……."

"그래도 소용없어. 내가 장담하는데 곧 의뢰에 묻혀 살 거야.

"그거야 팀장님 경우죠."

"천만에. 나도 네트워크가 있거든. 지금 정치권하고 재벌권에서 이 실장 분석하느라 난리라는 거 모르지?"

"정치권과 재벌권에서요?"

"성향 말이야. 이게 적이냐 아군이냐? 진보냐 보수냐? 그 양반들은 그게 중요해요."

"……?"

"생각해 봐. 컨설팅이라는 게 이윤이나 방향 설정도 있지만 구린 걸 감추거나 경쟁 상대방의 치부를 알아내려는 것도 많아요. 더구나 일을 맡기려면 내 쪽의 패를 보여줘야 하잖나? 그런데 나중에 알고 보니 이게 내 적이야. 그럼 어떻게 되지? 적에게 패를 보여준 꼴이잖아?"

"……."

"그러고 보니 나도 궁금하네. 이 실장은 어느 쪽이야?"

별안간, 이성표가 물어왔다.

강토, 어떻게 대답해야 할까?

"요즘 흔히 말하는 좌냐 우냐 이거야. 보수냐 진보냐? 개혁

이냐 현상 유지냐? 여당이냐 야당이냐? 젠장, 다 그 말이 그 말이지만……."

"그런 거 꼭 정해야 하나요?"

"그건 아니지만 높은 곳에 사는 양반들이 그걸 정해놓고 다투잖나? 당파 싸움? 그거 역사책에나 나오는 거 아니야. 21세기가 되었지만 여전히 그 기준으로 내 편이냐 네 편이냐를 가르고… 참 할 일없는 인간들이긴 하지만……."

"아무튼 전 그런 거 모릅니다. 그냥 열심히 일할 뿐."

"모르긴. 사실 이 실장 색깔은 벌써 정해진 거나 마찬가지야."

"예?"

강토가 고개를 들었다.

"청와대 일 했다고 나갔잖아? 장철환 고문하고 만났다는 것도 털렸을지 모르고……."

"……?"

"그럼 일단 여당파야. 적어도 야당 쪽에서 보기에는."

"팀장님!"

"아니라고? 물론 본인은 아닐 수도 있겠지. 그런데 생각해봐. 장철환과 만나고 청와대 일 하는 사람에게 야당 측이 일줄 수 있겠어, 없겠어?"

없지!

그건 생각할 이유도 없었다.

"그럼 아예 홀딱 벗고 뛰어들어서 썩은 판 좀 벗겨볼까요? 누가 진짜 나라를 위하고 누가 진짜 쓰레기인지."

"쓰레기?"

"일부 겪어봤는데 왕창 썩었더라고요. 극소수를 제외하고는……."

"그럴 수도 있지. 가장 깨끗하게 들어가서 가장 더럽게 나오는 게 그 바닥이기도 하니까."

"공감하시는군요?"

"나는 뭐 대한민국 국민 아니야? 더러 국가의 안위를 생각하는 사람도 있지만 상당수는 다 당리당략에 개인 치부야. 배지 떼더라도 멋지게 국민 손 들어주고 나오는 국회의원 본 적 없거든."

〈배지 떼더라도 국민 손 들어주고 나오는 멋진 국회의원…….〉

명언이 나왔다.

그런 정치인이 왜 없는 걸까? 구분되지 않기 때문이다. 더 더러운 놈들이 물을 타기 때문이다.

"그럼 같이 청소해 볼 생각 없어요?"

"청소?"

"공감한다면서요?"

"허얼, 역시 나하고는 원초적으로 배포가 다르네. 정치판 청소라……."

"안 될까요?"

"모르지. 이 실장이라면 가능할 지도… 한 줄로 쫙 세워놓고 뇌파 맞춰서 도덕성 빵인 인간들과 치부 감추고 있는 두 얼굴의 의원나리들 비리를 족집게처럼 찝어 내서 수갑 척척 채우면……."

"그렇죠?"

"그런데 그 인간들이 죄다 나는 순백합니다~ 하고 흰 가루를 뒤집어쓰고 다니니 어떻게 구분해? 이 실장 뇌파도 다 되는 건 아니잖아?"

"농담입니다. 그냥 한번 해본 소리예요."

강토는 수습에 돌입했다. 설령 그렇게 나간다고 할지라도 공표하고 다닐 성격의 일은 아니기 때문이었다.

"농담이라도 속 시원하네. 이 실장이 그런 일해서 정치판 청소하면 국민들이 대통령하라고 나설 지도 모르지. 나부터 이 실장 찍을 거라고."

이성표의 말은 진심으로 보였다.

"마침 잘 됐네. 그런 큰일 하려면 쓸 만한 직원도 좀 둬야 하고 정치판 실사도 해야 할 테니까 이 일 한번 도와줘."

이성표가 기사 오린 걸 내밀었다.

"부실기업 비호요?"

"그게 부실기업이라 매각에 들어가야 하는데 어떤 인간이 뒤에서 미는지 은행 지원이 끊이질 않아요. 사실 내가 한 2년 전부터 벼르던 물건이기도 하고……."

"부실기업을 왜 벼르죠?"

"저번에 작업한 블루 라이프와는 반대 개념의 합병이야. 그게 부실기업이지만 인지도가 있는 상품이 몇 개 있거든. 그래서 그 분야 3위 기업이 의뢰를 해왔어. 적자나는 기업이니 인수 비용도 그리 비싸지는 않을 테고. 인수만 하면 바로 1위로 뛰어오를 수 있거든."

"그런데요?"

"그 밑에 은행 지원금 좀 봐. 유동성에 막혀서 숨통이 눌릴 만하면 은행이 도와주잖아? 몇 놈 국회의원들이 의심을 사고는 있는데 검찰도 견적이 안 나오니까 수사도 하지 않고… 모르지. 또 어떤 거물이 눌러대고 있는지……."

"……."

"아무튼 그대로 두면 혈세만 낭비할 거라고. 뭐 은행 돈은 은행에서 나오나? 그것도 알고 보면 다 국민 주머니 털어낸 세금이지."

"뒤에서 은행 조종하는 의원 좀 까발려 달라는 거군요?"

"내가 수상적은 몇 놈 리스트 뽑아놨거든. 또 알아? 첫 방에 뇌파가 맞아서 바로 해결할 수 있을지……."

"수임료는요?"

"일단 한 장. 그 회사 먹으면 두 장 더 쏘지."

한 장이라면 1억.

그리 나쁜 일은 아니었다.

"받죠,"

"땡큐!"

"그런 쓸 만한 직원은 또 뭐죠?"

"아, 내가 인재감을 하나 데리고 있는데 이 인간이 독특해서 감당이 되어야 말이지. 내가 지원병으로 붙여줄 테니까 한 번 써보고 마음에 들면 이 실장이 좀 거둬줘."

"말도 안 돼요. 이 팀장님도 못 거두는 인재를 제가 어떻게?"

"실은……."

잔뜩 뜸을 들인 이성표가 남은 말을 붙여놓았다.

제7장
새 멤버

"그놈이 내 외사촌 조카야. 머리 스마트하고 일도 잘하는데 젊은 놈이 알코올 주사가 있어서 술만 입에 대면 개진상이 되거든. 덕분에 좋은 학교 나와 대기업에 좋은 성적으로 들어가 놓고도 짤렸지."

"……?"

"죽은 누님이 신신당부한 놈이라 여기저기 쑤셔 넣고 나중에는 구성원들 정신머리 바른 NGO나 경실련, 정정련 등의 시민단체에도 처박아봤지만 혹시나가 역시나. 영어에 중국어까지 구사 가능하지만 술만 마시면 사고치고 짤리는 통에 알코올 중독자 병원에 보내 봐도 뾰족수가 없고… 그렇다고 나까지 외면하기도 그렇고… 머리하고 생각은 진짜 괜찮으니까 곁에 두고 부리면서 이 실장 뇌파로 좀 어떻게 교화가 안 될까?"

"됐습니다. 내가 무슨 의사입니까?"

"이 실장……"

"일만 받겠습니다."

"그럼 이번 일이라도 한번 시켜나 보라고. 블루 라이프 건에서부터 이 실장하고 붙여보려고 했는데 그때도 술에 떡이 되는 바람에… 뭐 운이 좋아서 뇌파로 구제가 되면 그놈 복인 거고."

"그럼 나는요?"

"내가 오죽하면 이러겠나? 젊은 놈 한 번 구제해 볼까 하고 그러는 거지."

"군대 갔다 왔는데도 그래요?"

"면제야. 그놈이 신장에 좀 문제가 있거든. 그런데도 술 처먹고 정신 못 차리니……"

"신장에 문제 있으면 건강이 안 좋은 거잖아요? 그럼 쉬어야죠."

"그게 뇨단백이 많이 나와서 그렇지 평소에는 멀쩡해요. 그 덕에 군대만 빠진 거고……"

"……"

"이 실장……."

이성표는 간절했다.

"좋아요. 일단 시켜는 보죠. 하지만 문제가 생기면 바로 돌려보냅니다."

죽은 누나의 아들. 그 누나의 당부. 그게 마음에 걸렸다. 거두는 건 생각지 않았지만 혹시나 매직 뉴런으로 도움이 될까싶어 절반의 승낙을 보냈다.

"오케이, 그럼 불러도 되겠지?"

이성표가 고개를 들었다.

"지금요?"

"쇠뿔도 단 김에 빼랬잖나? 야, 방문수!"

"……?"

단 김도 그런 단 김이 없었다. 전광석화처럼 조카가 눈앞에 등장한 것이다.

"인사드려라. 이분이 바로 대한민국 최고의 뇌파 능력자 이강토 실장님이시다!"

"처음 뵙겠습니다."

〈방문수!〉

이성표의 조카가 인사를 해왔다. 강토보다 한 살 어린 나이. 특별한 미남은 아니지만 훈남 스타일에 엘리트 느낌을 주는 반듯한 외모였다.

"그럼 부탁해!"

이성표는 그 말과 함께 1억 수표 한 장을 남기고 도망치듯 사라졌다. 혹시라도 강토의 마음이 변할까 그러는 모양이었다.

—1억 수표와 초면의 방문수.

둘 다 어색한 차에 방문수가 먼저 입을 열었다.

"장상남 의원은 강남구 대치동이 집이고 의원 사무실은 마포구 신수동, 지용수 의원은 용인 수지 자택에 사무실은 2킬로미터 떨어진 정안 빌딩 301호, 이진용 의원은 광진구 구의동 자택에 사무실은 은평구 녹번동의 중산빌딩 403호, 김이천 의원은 미아리 자택에 사무실은 관악구 신림동 28번지 유림빌딩 202호……"

방문수, 차분한 목소리로 이성표가 놓고 간 리스트의 인물들을 좔좔 읊어댄 것이다. 단 한 번의 버벅거림이나 쉼표도 없이. 그러면서도 몹시 또렷하게.

"……?"

"그리고 안재만 의원은 중구 장충동 자택에 의원 사무실은 강동구 길동 88번지 일승빌딩 606호……"

"그만!"

"아직 두 명 더 남았습니다만……"

"됐다고요."

"말씀 낮추십시오. 실장님!"

깍듯하다. 그러면서도 군더더기도 없는 태도. 이 사람, 백화점 직원들 교육하는 친절 아카데미나 항공승무원 연수원이라도 수료한 걸까?

"……"

"가실 준비가 되었다면 차는 5분 내로 준비하겠습니다."

"차요?"

"저희 외삼촌… 아니 이 팀장님 말씀이 제가 이 자리에 서게 되면 바로 실전 투입이라며……."

"그러니까 이미 Ready 상태네요?"

"말씀 낮추시라니까요."

"알았어, 알았다고!"

"이진용, 안재만, 장삼락, 김이천을 돌아 지용수, 윤대길, 서동팔 의원 순으로 가면 동선을 최대한으로 좁힐 수 있습니다."

"……"

"따로 지시할 사항이 있습니까?"

방문수가 강토를 바라보았다. 차분하고 깊은 눈동자…….

'저 눈이 술을 마시면 멍멍 개가 된다는 건가?'

믿어지지 않았다. 이성표의 전략 같았다. 무슨 이유에서인지 방문수를 옆에 붙여두려는? 혹시나 강토 감시자? 하지만 이성표는 그럴 이유가 없었다. 그는 강토와 경쟁 상대도 아니었다. 그러니 감시를 할 이유가 없는 것이다.

'좋아. 한번 속아보지 뭐.'

강토는 찻집에서 나왔다. 그 앞에 승용차가 보였다. 방문수는 정중하게 문을 열어주었다. 아무렇게나 하는 거 같지만 자세가 잡힌 각이었다. 흉내나 내는 덕규하고는 퀄리티가 달랐다.

'젠장!'

좋은 걸 마다할 사람은 없다. 강토는 왠지 덕규에게 죄짓는 마음으로 조수석에 올랐다. 차는 이진용 의원의 자택으로 직행했다.

"어제 상임위 위원들과 외유 마치고 귀국했습니다. 스케줄 체크했더니 국회일정도, 지역구 일정도 없더군요. 민원을 가장해 사무실에 전화 넣었더니 여직원이 오늘은 집에 있을 거라고 해서……."

의원 자택이 가까운 곳에서 방문수, 강토가 원하는 설명을 쏙쏙 뽑아냈다.

'허얼!'

몰래 혀를 내두르는 강토. 정말이지 옆에 두고 일하기 좋은 사람이 아닐 수 없었다. 하지만 차는 자택을 지나쳤다. 방문수의 설명이 또 이어졌다.

"이 의원이 공차기를 좋아하는데 오늘 조기 축구 결승전이 있다더군요. 종종 참석하는 타입이라 그쪽이 확률이 높을 것 같아서……."

"……."

차가 작은 운동장 앞에서 멈췄다. 조기 축구가 열리고 있었다. 방문수는 망원경을 내밀었다. 확인하시죠. 방문수는 표정으로 그 말을 전해왔다. 받아들었다. 귀빈석에서 지켜보는 사람들을 확인했다. 있었다. 망원경을 건네주고 그냥 걸었다.

'쓸 만하네?'

첫인상은 좋았다. 눈치 빠르고 준비성 있고 치밀하고… 게다가 영어에 중국어까지 가능하다니 혹시 모를 국제 업무도 가능한 인물이었다. 앞으로의 일을 생각하면 꼭 필요한 직원 보강. 강토는 슬슬 경계감을 풀어버렸다.

다만 결과는 좋지 않았다. 이진용 의원은 알선 혐의가 없었다. 그의 기억에 은행장급 인사들이 있긴 했지만 이성표가 말한 기업 지원과는 무관했다.

'패스!'

그래도 전리품은 챙겼다. 영업의 달인들은 말한다. 손님의 작은 버릇까지도 기록해 둔다고. 그런 다음 적절할 때 써먹으면 효과 만점이라는 것이다. 강토는 그걸 벤치마킹할 생각이었다. 의원이나 거물급들을 볼 때마다 그들의 특급 비밀을 체

크하는 것이다. 그걸 모으면 영업의 달인 못지않게 유용할 게
틀림없었다.

'당신의 일급 비리!'

일단 털어보았다.

—골프장 건설 허가 압력!

—현금 5억과 골프장 회원권 2매 수수!

—법안 상정을 대가로 4억 수수!

—법안 상정 요청단체로부터 해외 성(性)접대 외유 2회!

나왔다.

씨불!

욕도 나왔다.

첫 개시부터 뭉청 썩은 인간이 걸려 버린 것이다.

있을까?

강토는 생각했다. 대한민국 국회의원 300여 명. 그들의 비
밀을 다 털면… 언젠가 들여다봤던 아이처럼 순백의 비밀을
간직한 의원이 있을까?

—지역 주민에 몰래 선행 10년.

—익명으로 부실기업 회생 지원.

—지역구 학생 100명에 익명 장학금 10억 전달.

—임기 내 월급 전액 영세가구에 익명 기부.

몇 가지 훈훈한 예를 생각하다 고개를 저었다. 기대가 크

면 실망도 큰 법. 그사이에 차는 강토 앞에 살며시 다가왔다. 방문수, 정말이지 완벽에 가까운 수행이었다.

두 번째 타깃은 안재만 의원. 그는 의원 사무실 쪽이었다. 차는 평범한 일식집 앞에 섰다.

"여기서 지역 청년들과 취업 좌담회가 있습니다. 시간으로 보아 아직 진행 중이죠."

차를 세운 방문수가 식당을 가리켰다. 거기 현수막이 보였다.

〈안재만 의원 청년취업 좌담회〉

"곧 끝날 겁니다."

그 말과 함께 오래지 않아 청년들이 나오기 시작했다. 안재만은 그들 사이에 있었다. 청년 둘과 어깨동무를 하고 나왔다. 만면에 가득한 온화한 미소. 청년의 미래에 대해 염려가 가득한 얼굴이었다.

'시크릿 메즈.'

적당한 거리에서 그의 비밀을 벗겼다. 은행은 빗나갔다. 그러나 꿩 대신 닭이 걸렸다. 역시 법안 관련이었다. 뭉칫돈이 보였다. 전부 5만 원 현금 다발과 골드바였다. 그나마 성이 차지 않는지 고개를 젓자 이해관계자들이 달러 뭉치를 보태 보내왔다. 안재만은 근엄한 척, 못 이기는 척 돈을 챙겼다.

또 다른 건은 취업 청탁이었다. 지인이 찾아왔다. 하소연을 했다. 지인의 아들이 금융공기업에 응시한 시험. 중요한 면접을 앞두고 있었다.

"애가 다 좋은데 면접에 약해서……."

지인 역시 네모난 보따리를 내놓았다. 안재만은 전화를 걸었다.

"인사부장에게 직접 연락했으니 잘 될 겁니다."

안재만은 또 현금을 챙겼다.

'개새끼들!'

당장 달려들어 먹다 남은 음식 잔반통에 머리를 처박고 싶었지만 참았다. 뒤로 챙기고 앞으로 소액을 풀어 위장하는 일하는 국회의원의 모습. 쑈도 그런 쌩쑈가 따로 없었다.

세 번째는 장삼락 의원. 이번에는 자택 쪽이었다.

"이분은 오늘 지역구 행사가 있어서 말이죠. 예정 시간 40분 전인데 지금 도착하면 20분 정도 남습니다. 공원 쪽으로 돌아서 시간을 맞출까요?"

'허얼!'

"그렇게 하겠습니다."

방문수는 핸들을 돌렸다. 작은 공원을 끼고 달렸다.

'이 인간 머릿속에 컴퓨터라도 든 거야?'

진심으로 머리가 궁금해졌다. 하지만 매직 뉴런으로 뇌 안을 들여다보지는 않았다. 느낌이란 순수한 것이 좋았다. 온라

인보다는 오프라인이다. 그러니 그저 느낌대로 닿아보고 싶은 강토였다. 지금까지는, 좋았다. 방문수가 마음에 들었다.

운도 좋았다. 어쩌면 방문수 때문인지 모른다. 지역구 작은 도서관 개관식에 참석해 테이프 커팅을 하는 장삼락. 행사 성격상 접근하는 것도 '문제 없음'이었다.

'이 인간이다!'

시크릿 메즈를 작렬시킨 강토, 장삼락의 비밀 서랍이 열리자 숨을 몰아쉬었다. 이성표가 노리는 기업을 뒤에서 밀고 있는 인간. 식물 기업에 돈줄을 대주며 이권을 챙기는 인간은 바로 장삼락이었다. 그의 기억 속에서 은행장이 웃었다. 그 기업의 이사도 웃었다. 알고 보니 장삼락, 기업의 사장과는 직접 친분이 없었다. 그 간격을 채운 건 이사였다. 이사가 바로 장삼락의 중학교 1년 후배였던 것이다.

"선배님 은덕에 삽니다."

"무슨 소리. 우리 후배가 이렇게 애를 쓰는데 그런 기업을 살려야지."

"의원님이 밀라면 밀어야죠."

후배와 장삼락, 은행장은 짝짜꿍이 제대로 맞았다.

'일단 맛보기부터!'

강토는 연설에 나선 장삼락의 두정엽을 살짝 눌러주었다.

"여러분, 이 도서관이 덕분에 지역문화창달에 완공되어 학생들에게는 기여하고 어린 공간을 면학의 제공하게 되었습니다. 될 수 있게."

장삼락의 발음이 안드로메다틱하게 꼬였다.

"……?"

참석자들은 일제히 장삼락을 향해 시선을 들었다.

"지역사회의 앞으로도 되어 튼실한 이 도서관이 첨병으로 중심이 여가와 문화의 제공하고 휴식을……."

"아하핫!"

엄마 손을 잡고 온 아이들이 배꼽을 잡고 웃었다. 어른들은 차마 참고 있지만 아이들은 솔직했던 탓이었다.

"의원님!"

그제야 뭔가 이상한 걸 발견한 보좌관이 장삼락을 막았다. 하지만 장삼락은 정작 무슨 일이 일어난 건지 모르고 있었다.

—두정엽에 대한 조치.

이 두정엽이 망가지면 문자와 단어를 조합해서 문장을 만들지 못한다. 설령 만든다 하여도 문장에 바른 생각과 의미를 표현할 수 없는 것이다.

강토는 슬쩍 매직 뉴런에 건 명령을 중지시키고 돌아섰다. 이제 본격적인 맛을 봐야 할 장삼락 의원. 돌아선 강토의 귀에 아이들 목소리가 또렷하게 들어왔다.

"국회의원 아저씨 맛이 갔나 봐!"

"국회의원 아저씨는 완전 또라이!"

*　　　*　　　*

"다음은 김이천입니다."

도로에 올라선 문수가 말했다.

"아니, 다음은 치맥이야."

"예?"

놀란 문수가 돌아보았다.

"목마르거든."

대충 둘러댔다. 미션 완료라고 말하기도 그랬던 것이다.

"……."

"술 좋아한다며?"

술!

그 단어에 문수가 왈딱 반응을 해왔다. 잠결에 '피자'소리를
들은 어린이를 본 것 같았다.

"좋아는 하지만……."

"술버릇 안 좋다고?"

"……."

"고칠 생각 없어?"

"애는 써봤는데 입에만 들어가면 저도 모르게……."

"걔가 되는 거야?"

"……."

"옥에 똥이군."

"……."

"아무튼 가자고. 오늘은 여기까지야."

"저… 안 되는 겁니까?"

"뭐가?"

"이 실장님 밑에서 일하는 거… 외삼촌께서 이 실장님을 잡아야 살 수 있다고 했거든요."

"내가 무슨 신이라도 되는 줄 알아?"

"……."

"우리 사무실 알아?"

"예……."

"거기 가까운 곳에 청량리 시장이 있어. 그쪽 어디에 세워."

지시를 끝낸 강토가 전화기를 들었다. 덕규를 불러냈다. 술자리라면 둘보다 셋이었다. 잔은 돌려야 맛이라던가? 그래야 술맛이 붙는 것이다.

덕규가 왔다. 덕규와 문수가 만났다.

"……?"

"……!"

둘은 잠시 어색한 눈빛을 교환했다. 알지만, 강토는 가격 대비 퀄리티 최상인 치킨 집으로 향했다. 대짜로 오더를 냈다. 테이블 위에 수북, 치킨이 나왔다. 너무 많아 몇 조각은 굴러 떨어지며 탈출 시도까지 해댔다. 멍청한 놈, 여기 올라오기 전에 탈출했어야지. 시원한 맥주를 받아 문수에게 따라주었다.

"들자고!"

강토가 잔을 들었다. 영문 모르는 덕규는 어리둥절한 얼굴로 잔을 들었다. 문수도 그랬다.

벌컥왈컥!

강토는 원샷으로 비워냈다. 누가 봐도 맛나게 먹는 표정이었다. 덕규도 그랬다. 술 먹는 자리에서 몸 사릴 덕규가 아니었다. 다만, 문수만은 마시지 않았다. 입에 대기만 했을 뿐이다.

"안 마셔?"

강토가 물었다.

"예……."

"소맥 만들어줘?"

"아닙니다."

"그럼 맥주 한 잔 정도는 괜찮잖아? 운전 때문이라면 내가 대리 불러줄게."

"……."

"자자, 식기 전에. 맥주 한 잔에 왜 그래?"

강토가 거듭 권유를 했다. 가만히 맥주잔을 바라보던 문수, 눈을 질끈 감더니 고개를 불규칙하게 저었다. 다시 눈을 뜨는 문수. 더는 못 참겠는지 목울대를 출렁이고는 그대로 원샷을 해버렸다.

"잘 마시네. 받아!"

냉큼 다음 잔을 채워주었다. 문수는 몇 번이고 망설였지만 짜릿한 위장이 술을 부르고 있었다. 두 번째 잔도 단숨에 위장으로 내려보냈다.

발동은 그렇게 걸렸다. 세 병까지는 아무렇지도 않았다. 그러다 네 병의 첫잔을 비워냈을 때, 비로소 변화가 왔다.

─일대 변신!

인간에서 개가 되어가는 화학 과정의 첫 변화.

그 시작은 생리현상이었다. 문수는 말없이 일어섰다. 화장실에 가려는 것이다. 묻지도 따지지도 않았다. 그런데 이 인간, 몇 걸음 가지 않고 걸음을 멈췄다. 노점과 노점의 사이였다.

"악!"

아줌마 하나가 비명을 질렀다. 그제야 알았다. 문수가 거기서 지퍼를 열었다는 걸. 그대로 물총을 발사해 버렸다는 걸.

"형!"

일어서려는 덕규를 강토가 말렸다.

"그냥 둬라."

"……"

그사이에 시비가 붙었다. 아줌마가 공박을 하자 적반하장 신공을 펼치는 문수였다.

"아, 씨발, 민주사회에서 오줌도 내 마음대로 못 싸? 여기가 아줌마 땅이야? 시유지에서 장사하는 주제에 남이야 어디다 오줌을 싸건 니가 무슨 상관인데?"

흐물거리는 육체에 벌겋게 충혈된 눈, 질펀한 육두문자와 서슬 푸른 기세. 시장바닥 막장 내공으로 다져진 노점 아줌마도 범접하기 어려운 레벨이었다.

"씨발, 어디서 개소리 털고 지랄들이야."

휘적휘적 다가온 문수가 테이블에 앉았다. 그러더니……

"야!"

강토를 향해 게슴츠레한 시선을 든다. 맛이 갔다. 아주 제대로 갔다. 이번에는 덕규가 세게 반응을 했다. 강토는 눈빛으로 덕규를 제지했다.

"부어!"

뒤틀린 목소리의 문수가 술 컵을 내밀었다. 척 들어도 시비조이자 명령조의 어조. 강토, 어쩌나 보려고 말없이 부었다. 거품 때문에 잔이 살짝 넘쳤다.

"에이, 쌩, 이 피 같은 술을……."

덕규는 술을 뿌렸다. 목표지점은 강토의 얼굴이었다.

"이런 씨발 놈이!"

참다못한 덕규가 문수의 멱살을 잡아챘다. 순간 강토의 매직 뉴런도 함께 출격을 했다.

'가바(GABA)!'

강토는 명쾌한 명령을 내렸다. 이미 작심하고 있던 차였다. 뇌의 대표적 억제성 신경전달물질인 가바. 이것의 기능에 문제가 생기면 알코올중독에 빠진다.

강토의 매직 뉴런들은 자극과 쾌락을 관장하는 영역으로 치달았다. 강토는 문수의 가바 분비를 점검했다.

"……?"

보였다. 소금 맞은 배추잎처럼 비실비실 늘어진 가바들. 강토는 가바의 분비를 막았다. 알코올중독으로 인한 피해는 성호르몬 불균형도 초래하고 있었다. 애꿎은 성기능까지 살짝 시들어 버린 것이다. 상황을 보니 고환도 겁나게 쪼그라들었을 일.

'후웁!'

강토는 시냅스 자극을 통해 자가면역반응을 높여 놓았다.

―활성!

―활성!

동시에 역량을 모아 뇌 활성화를 시도했다. 더뎠다. 그러자 반응이 왔다. 자가면역반응이 활발해지자 문수의 뇌 안에 활성이 느껴진 것이다.

　'재분비!'

　그제야 분비의 문을 다시 열었다. 가바가 나왔다. 아까와 달리 생생한 자태들이었다. 순간, 퍽 하는 소리가 강토 귀에 들려왔다. 덕규의 주먹이었다. 문수의 복부를 후려친 것이다. 그 한 방에 문수는 속절없이 늘어져 버렸다.

　"씨발 놈이 우리 형이 누군 줄 알고……."

　덕규가 충성스레 씩씩거렸다.

　"의자에 앉혀라."

　"이 자식 누구야?"

　"우리 직원 될 사람."

　"직원? 이 개진상이?"

　"의자에 앉혀라."

　"형, 뭔지 모르지만 이건 안 돼. 이건 사람이 아니고 개잖아? 멍멍!"

　"사람으로 만들면 되지."

　"……?"

　"앉히라고."

　강토가 거듭 말하자 덕규는 한숨을 토하고 문수를 부축했다.

"가서 생수 한 통 사와라. 큰 걸로."

"물 거기 주전자에 있잖아?"

덕규는 식당에서 내준 물을 가리켰다.

"정화수가 필요해서 그래."

"……."

잠시 주저하던 덕규는 제 술잔을 비우고는 생수를 사왔다. 물을 받아든 강토는 뚜껑을 열고 문수의 머리에 부어버렸다.

"……?"

물이 바닥을 드러낸 무렵, 문수가 번쩍 두 눈을 떴다. 더 이상 멍멍 개는 아니었다.

"정신이 드나?"

"이 실장님?"

"들었군."

"……?"

문수는 바로 상황을 파악했다. 앞에는 술 테이블, 주변에는 너저분하게 흩어진 술병과 치킨조각. 거기에 더해 멋대로 풀어헤쳐진 자신의 옷과 물에 흠씬 젖어버린 상반신.

"……!"

아뜩하게 넋이 나가는 모습이 보였다. 무슨 일이 일어났는지 짐작이 가는 모양이었다. 문수, 고개를 떨구더니 의자에서 일어섰다. 강토에게 대충 인사를 한 문수는 맥없이 시장통로를 걸었다. 터덜터덜이다. 보나마나 개진상을 떨었을 건 자명한 일. 스스로 희망을 접고 물러서는 것이다.

"방문수 씨!"

강토가 문수를 불렀다. 문수는 서지 않았다. 그는 자책감에 입술을 깨물고 있었다.

'나이는 어리지만 그 사람이라면……'

네 인생에 등대가 될 수 있을 거다.

이성표의 말은 문수의 머리 위에 미세먼지보다 칼칼하게 흩어졌다. 젠장, 욕만 나왔다.

"……?"

땅만 보고 걷던 문수, 누군가 앞을 막아선 걸 깨닫고 걸음을 멈췄다. 강토였다.

"방문수!"

강토의 입이 천천히 열렸다.

"……?"

"오늘 나한테 면접 보러 온 거 아니었나? 실기를 겸한?"

"……."

들었던 문수의 고개가 다시 바닥으로 내려갔다.

"그럼 결과를 듣고 가야지."

"죄송합니다."

"합격이야!"

"죄송……?"

고개를 숙이던 문수가 파뜩 고개를 들었다.

"외삼촌이 그런 말했겠지. 내가 뇌파 전문가라서 잘하면 그 개진상 고칠 수도 있을지 모르다고?"

"예……."

"운이 좋았어. 처음에는 아니었는데… 나중에 보니 뇌파가 조금 맞더라고."

"……?"

"이제 알코올중독은 걱정 안 해도 돼."

강토가 맥주병을 흔들었다. 그리고 문수 앞에다 대고 남은 맥주를 주르륵 흘려 버렸다. 문수는 숨을 쉬지 못했다. 정말 그랬다. 이미 술이 들어간 판. 평소의 문수라면 저 병을 뺏어 들어야 했다. 남은 한 방울까지 마시고 또 다른 술을 찾아야 했다.

그런데!

그런데, 별다른 느낌이 없는 것이다. 술이 딱히 땡기지 않는 것이다.

"이 실장님!"

"합격주에 환영주까지 미리 산 거야? 알았지?"

"이 실장님!"

문수가 울먹거리며 주저앉았다. 강토는 문수를 일으켜 세웠다.

"웰컴, 삐 컨설팅 멤버가 된 것을 환영합니다!"

짝짝짝!

뒤에서 박수가 들려왔다. 강토의 전략을 눈치챈 덕규가 보내온 박수였다. 아주 적절했다.

"고맙네, 고마워 이 실장!"

결과를 듣기 위해 사무실로 찾아온 이성표, 강토의 손을 잡고 놓을 줄을 몰랐다. 문수는 강토 옆에 있었다. 어느새 말쑥한 모습이었다.

"어느 쪽 말입니까? 장삼락 의원 아니면 우리 방 실장?"

"이놈을 실장에 앉혔어?"

"제 밑으로는 다 실장 아니면 부실장입니다. 전직원의 간부화거든요."

강토가 웃었다.

"아무튼 너 진짜냐? 이제 술 안 땡긴다는 거?"

이성표의 시선이 문수에게 옮겨갔다.

"땡기긴 합니다. 개가 안 되는 거죠."

"진짜?"

"예!."

"진짜, 진짜?"

"예!"

"오냐. 잠깐만 기다려라."

생각하는 게 있는 듯 이성표가 일어섰다. 그때 문 쪽에 있던 세경이 다가와 양주 한 병을 건네주었다. 고급 꼬냑이었다.

"그거 사러가려는 거 아닙니까? 쓰세요. 청와대에서 보내왔더라고요."

강토, 등을 소파에 기대며 느긋하게 웃었다.

"이건 너무 비싸잖아?"

"조카라면서요? 투자 좀 하세요."

"좋아. 오픈하고 값은 내가 물어주지."

이성표가 꼬냑을 개봉했다. 그런 다음 물 컵에 따라 문수 앞에 내밀었다.

"안 마신다니까요."

문수가 웃었다.

"이래도?"

이성표는 술잔을 문수 코앞에 대고 흔들었다.

"아, 진짜… 외삼촌 맞습니까? 언제는 알코올에서 손 떼게 하려고 하시더니 겨우 떼고 나니까 이제는 또 꼬드기려고 하시니……."

문수가 정곡을 찌르자 이성표는 그 잔을 자기가 마셨다.

"술 맞는데?"

여전히 믿기지 않는다는 표정의 이성표.

"외삼촌, 고맙습니다. 이 대표님 소개시켜 주셔서… 이제 제 걱정 마세요. 여기서 이 대표님 도와서 열심히 일할 거니까요. 사무실도 아담하고 직원들도 다 마음에 들거든요."

문수는 만족스러운 표정을 지었다.

"대표로 직함 바꾸었어?"

이성표가 물었다.

"방 실장에게 직함을 뺏기다 보니……"

강토가 웃었다.

"이야, 이 실장, 아니 이 대표. 우리끼리 어디 가서 오지게 한잔해야겠는 걸? 내가 막 술이 땡긴단 말이지."

"벨로체로 가죠. 거기서 쭉빵 에이스들 불러서 뽀지게 한잔 쏜다고 했던 거 같은 데요?"

"그렇지. 가자고, 당장에라도!"

이성표는 농담이 아니었다.

"덕규야, 광수 선배한테 연락해서 예약 좀 따 놔라. 여기 이 팀장님 말대로 에이스들 네 명 예약하고."

"저, 저도 여자 있는 겁니까?"

놀란 덕규는 말까지 더듬었다.

"그럼 가기 전에 비즈니스부터 해결할까요?"

강토는 본론을 잊지 않았다.

"아, 그거 결과 나왔나?"

이성표 역시 자리를 당겨 앉았다. 강토는 장삼락의 결과를 전해주었다. 뒷 배경은 장삼락 의원. 그 기업의 전무이사가 바로 장삼락의 중학교 후배. 후배가 브로커가 되어 의원과 사장을 연결!

"완전 직빵이군. 직빵이야. 내 라인으로는 체크가 안 되던 일인데……."

"어쩌실 거죠?"

강토가 물었다. 배경을 알았지만 그래도 상대는 국회의원. 나 잡아잡슈 하고 목을 내밀 리 없었다.

"장삼락 찾아가서 배팅해야지."

"……?"

"내가 더 크게 쏘면 되는 거 아닌가? 어차피 돈 놓고 돈 먹는 판인데……."

"팀장님!"

"조크야. 이런 경우는 경실련이나 정정련 같은데 흘리면 간단하지."

"경실련 정정련이오?"

"경실련은 경제와 전반, 정정련은 정치 쪽 시민단체. 그런데다 흘리면 바로 의원 귀에 들어가거든. 일이 커지면 문제가 될 테니 머리 좋은 의원들은 꼬리 자르고 물러서게 되어 있어."

"그렇군요."

수긍이 갔다. 과연 물고 물리는 요지경 세상이었다. 그러면서 또 한 번 체감했다. 상대를 제압하는 법.

〈고수들은 손에 피를 묻히지 않는다〉

피를 묻히는 건 초짜였다.

＊　　　＊　　　＊

술판을 벌였다. 진짜 벨로체였다. 정가윤도 앉혔다. 그녀는 강토를 기억하고 있었다. 하지만 개의치 않았다. 그녀 역시 프로였다. 이 순간의 자기 파트너로써 최선을 다하는 것이다.

덕규는 입이 찢어질 지경이었다. 미녀가 딸렸기 때문이었다. 그 옆에는 문수가 있었다. 그 역시 나쁜 표정은 아니지만 몸가짐은 흐트러지지 않았다. 술도 마셨다. 하지만 무한질주는 하지 않았다. 절제를 아는 것이다. 당연히, 개진상 포스도 작렬하지 않았다.

매너남!

방문수는 첫인상에 걸맞은 매너로 돌아갔다. 덕분에 넷 중에 인기 좀 끌었다.

술이 추가로 들어왔다. 강토는 고급 술자리를 배웠다. 최상류층의 권력자들, 최상류의 재력가들. 그들을 배우는 공부라고 생각했다. 돈이 많으면 써야 한다. 정당하게 이룩한 부라면 무슨 상관인가? 사업이 잘 풀려 한 달에 수 억, 수십 억 번다면 이런데 와서 몇 백, 몇 천을 쓰든 관여할 바가 아니었다.

분위기가 무르익어갔다. 아가씨들과도 어느 정도 경계망이 풀어졌다. 마침 들어온 유 마담에게 인사치레를 한 강토, 슬쩍 말문을 열었다.

"여기 고관대작 나리들도 많이 오지?"

"그럼요. 한두 분인 줄 아세요?"

"국회의원, 장차관도?"

"국회의원, 장관님, 프로팀 감독님, 연예인, 대한민국에서 좀 나간다 하는 분들은 다 오죠. 괜히 텐텐인 줄 아세요."

"다 자기 돈 내고 먹나?"

그게 궁금했다.

"미쳤어요? 그분들은 다 스폰서 달고 와요."

"스폰서?"

"돈 내줄 사람 말이에요. 내가 이 바닥 10년에 국회의원들이 계산하는 건 본 적이 없어요."

유 마담이 웃어젖혔다.

"장차관님들은?"

"초록은 동색!"

똔똔, 그놈이 그놈이라는 얘기다.

"그럼 일반 손님들은 어때?"

"어휴, 순진하시네. 여기 일반 손님들이 왜 와요? 주로 얻어먹는 사람들이에요."

"연예인이나 프로선수들도?"

"뭐 그 사람들은 기분 좀 내거나… 아니면 자기들끼리 내기해서 내거나……."

"그럼 위원님들 다리도 좀 놔줄 수 있어?"

"아유, 이제 보니 선수시네. 뭐 매상만 올려주면 못할 거 있어요? 제가 가진 게 인맥뿐인데……."

"실장님 들으셨죠? 오늘 제 면 좀 세워주세요."

강토가 이성표를 돌아보았다. 이성표는 지갑을 열더니 수표를 몇 장 꺼내 마담 이마에 붙이며 소리쳤다.

"양주 추가!"

"어머어머, 진짜 쿨하신 분들이네."

유 마담은 좋아 어쩔 줄을 몰랐다.

1차는 그쯤에서 끝냈다. 몇 의원들의 이름이 나올 때 걸려온 전화 때문이었다. 장철환이었다. 그가 술 한잔을 청한 것이다. 대신 옵션이 붙어왔다.

〈서민적인 곳에서〉

서민적인 곳!

콜!

그거라면 강토를 따라올 사람이 없었다.

이성표와 헤어져 청량리로 돌아온 강토, 거기서 장철환을 만났다. 장철환은 육 비서관과 둘이었다. 자리는 그곳이었다. 가격대비 퀄리티 최상의 실비 치킨 집.

"죄송합니다. 제가 전작이 있어서……."

테이블에 앉기 전에 강토가 이실직고를 했다.

"괜찮네. 우리도 약주 한 잔씩 하고 왔거든."

장철환이 웃었다.

술은 막걸리를 시켰다. 아줌마가 따주었다. 장철환에게 먼저 부었다. 그다음은 육 비서관. 강토의 잔은 장철환이 부어 주었다.

"마실까?"

찌그러진 양은잔을 들어 건배를 했다.

"좋군, 막걸리는 역시 이런 잔이란 말이지."

장철환이 입을 닦으며 말했다.

"여기 분위기 괜찮은데요?"

육 비서관의 추임새가 뒤따랐다.

"이 실장 단골인가?"

장철환이 물었다.

"예… 집이 가깝고… 가격도 싸다 보니……"

"육 비서관은 이런 데서 먹어봤나?"

장철환의 시선이 육 비서관에게 건너갔다.

"대학 때 후로 처음입니다."

"언제 대통령 모시고 한번 와야겠군. 서민들 사는 모습도 보셔야지."

장철환은 막걸리병을 들어 강토의 잔을 채워주었다.

"드시게."

"예……"

"좋은 데서 한잔 사야 하는데… 너무 약소한 데다 자리를 잡은 건 아닌가 모르겠군."

"저는 괜찮습니다만 고문님이……"

"나도 좋네. 덕분에 특별한 정취 한번 제대로 느끼게 되는군."

"특별한 정취가 아니라 그냥 사람 사는 곳입니다."

강토의 말에, 잔을 들었던 장철환의 손이 멈췄다.

"죄송하지만 이 근처 사람들은 다 이렇게 삽니다. 그냥 일상이에요. 이렇게 싸고 알찬 안주조차 마음대로 시키지 못하는 사람이 많은……"

"이 실장……"

"저쪽 길 건너에는 하루 여인숙이 있는데 일 박에 얼만 줄 아시나요?"

"하루 여인숙?"

"예."

"여인숙이라… 아직도 그런 데가 있단 말이지."

"예……."

"한 3만 원 하나?"

"너무 쓰셨군요. 동그라미 하나 빼시면……."

"3천 원?"

"예……."

"아직도 하루 3천 원짜리 숙박이 있단 말인가?"

"혼자 자는 방은 아닙니다. 옛날 내무반처럼 여럿이 엎어져서 자는 곳이죠."

"이 실장도 자 봤나?"

"몇 번 그랬죠. 지금 사는 자취방에 꼽사리끼기 전에는……."

"국민소득 3만 불 시대에 3천 원짜리 합방이라… 면목 없군."

장철환이 잔을 집어 들었다. 이번에는 조금 많이 마시고 잔을 놓았다.

"수석후보자 면접 끝내고 이 실장이 말했었나? 썩었다고."

"예."

오늘도 확인했지요. 정치인들의 부패한 도덕성… 강토는 한 입 막걸리에 그 말을 섞어 마셨다.

"공감일세. 인사수석을 맡으면서 뼈저리게 느낀 일인데 다들 해먹어도 너무 해먹었더군. 너나없이 다 집단 최면에 빠진 판이야."

"……"

"최상위 지도층들은 아예 그걸 망각하고 살더군. 본판을 감춘 전신 성형으로 위장까지 하고서."

"……"

"그러니 다들 인맥 중심이야. 내 편이라야 안심이 되니 내 사람을 쑤셔 넣는 거야. 내 사람이니 흠도 문제가 되지 않고."

"……"

"때는 바야흐로 정권 말기에 가깝고 내년에는 총선을 치를 시기라네. 정치인들의 이해관계가 슬슬 돌출될 시기지. 반면, 대통령은 이제야 통치에 대해 눈을 뜨는 시기고."

말씀이 너무 깁니다.

그렇게 말하고 싶었다. 하지만 술 한 모금과 함께 삼켜 버렸다. 나이가 들면 말이 많아진다. 신중해지기 때문이다. 그럴 때는 그저 듣고 있는 게 장땡이었다.

"사설이 길었군. 실은 당 쪽에서 협조 요청이 들어왔네."

강토의 마음을 엿본 걸까? 장철환이 본론을 꺼내들었다.

"석귀동 의원이라고 들어봤나? 마침 이 지역 출신이던데?"

"예, 제가 찍지는 않았습니다만."

"이 실장 타입이 아닌가?"

"그런 건 아닙니다만 여당 하는 일이 싫어서 그 반감으로……."

"하긴 젊은 친구들은 대개 야당이지. 아무튼 그 양반, 나와는 나름 막역지우일세. 정치적 신념이 같은……."

"예……."

"사석에서 자네 얘기를 했더니 청년대표로 스카웃하게 해달라더군."

청년대표!

배팅이 컸다. 어쩌면 국회의원 배지를 달 수도 있는 일. 과연… 과연 등급이 달랐다. 청와대 수석을 통하니 언급되는 자리도 상상 이상인 것이다.

"정치에는 관심 없습니다."

강토는 겸손하게 선을 그었다.

"그건 나중에 생각해도 되네. 스카웃이야 당으로 들어오라는 얘기니 이 실장 신념에 안 맞으면 거절하면 될 일이지만 의뢰라도 받아주었으면 하는 바람이네."

"의뢰라면……."

"검증이지."

검증!

비리를 까라는 말이었다. 경쟁 상대의 아킬레스건이 필요하다는 의미였다.

"물론 가능한 선까지만!"

강토의 능력을 고려(?)한 후속 조치도 따라 나왔다.

―중진급 국회의원에 대해 뇌파를 통한 내사.

"어떤 의뢰인지요?"

강토가 물었다. 말이 나온 이상 돌아갈 필요는 없었다.

"때는 바야흐로 정권 말기… 거기에 더해 내년은 총선. 이제 당내 역학관계가 복잡하게 돌아갈 때라네. 살생부가 만들어지고 계파가 드러나고… 살벌해지는 거지."

"……"

"문제는 이럴 때 부패한 인간들이 정치 술수를 시작한다는 거야."

"……"

"당에서 슬슬 대통령 반대 목소리가 커지고 있네. 원래 정권 말기면 늘 나오는 레파토리이긴 한데 이번에는 그 저의가 불량하단 말이지."

불량!

단어가 까칠하게 들렸다.

"표면상으로는 체질을 개선해 차기 정권도 창출하자는 건데 문제는 그 배후들이 크고 작은 비리에 연루된 의혹이 강하다는 거라네. 자칫하면 차기공천 주도권에서 밀릴지 모르니 소장파들을 선동해 현혹시키는 격이야. 그렇게 해서 소장파의 신임을 받으면 그걸 빌미로 당 전면에 나서거나 당권을 요구할 테고……."

"……."

"몇 명이나 되는 지 아십니까?"

잠시 숨을 돌린 강토가 물었다.

"여덟 명 같은 두 명입니다!"

대답은 육 비서관의 입에서 나왔다. 여덟 명 같은 두 명. 다소 현학적인 표현이었다.

"어쩌면 둘 다 뇌파가 맞지 않을 수도 있습니다."

강토도 승부수를 던졌다. 장철환의 의지를 보려는 것이다. 실패를 각오하면서도 행할 의지가 있는지…….

"내가 볼 때 이 실장이야 말로 최후의 보루지. 그 보루로도 안 되면 안 되는 거야!"

장철환의 의지는 확고해 보였다.

"그분을 뵙고 결정하겠습니다."

강토도 확고한 결정을 내렸다.

썩은 정치권. 지금까지는 그랬다. 그렇기에 한번 확인하고 싶었다. 강토의 오해인지, 아니면 일반적인 것인지.

석귀동 의원과의 만남은 전격적으로 이루어졌다. 장철환이 그 자리에서 호출을 한 것이다. 한 시간이 되기도 전에 석귀동이 도착했다. 장철환은 소개를 끝내고 바로 일어섰다. 그 직전 강토는 장철환의 머리를 뒤져보았다.

　'석귀동!'

　매직 뉴런에 실어 보낸 명령어였다.

　―오랜 지인은 맞았다.

　―어느 정도 신뢰하는 것도 맞았다.

　―그러나 절대 동지는 아니었다.

　〈당에 이만한 정보통도 없으니〉

　장철환의 목적이 나왔다. 석귀동을 이용한 당 동향 파악…강토는 모른 척 장철환을 보냈다.

　"얘기 많이 들었네."

　그 자리에 석귀동이 앉았다. 조금 전보다 조금 더 답답해지는 느낌이었다.

　"예……."

　첫 인사는 담담하게 나누었다.

　"뇌파로 사람의 선악을 구분하고 속마음까지도 읽어낸다던데 나는 어떤 편인가?"

　석귀동, 초면부터 비즈니스 모드로 나왔다.

　"보는 건 어렵지 않습니다만……."

강토는 뒷말을 흐렸다.

"아, 복채 같은 게 필요한가?"

석귀동이 100만 원 수표 한 장을 꺼내놓았다.

"제 눈을 보면서 희로애락을 생각하시죠. 가장 힘들었을 때와 가장 행복했을 때, 그리고 가장 슬펐을 때……."

화두를 던진 강토는 석귀동의 뇌를 읽어냈다. 그의 뇌는 깨끗한… 척하는 편이었다.

그 역시 부패하기는 매일반이었다. 그의 가치는 정적 제거에서 빛을 발했다. 누구든 적이다 싶으면 가차 없이 제거했다. 동료 의원들의 비리를 검찰에 슬쩍 털어준 것만 해도 무려 10여 회에 달했다.

'검사!'

검찰 라인이 궁금했다. 권력에 눈이 먼 여당 실세의 시녀가 된 정치검사… 혹시 반 검사일까? 그렇지는 않겠지. 짧은 시간동안 괜한 불안이 따라들었다.

공찬욱!

이름이 나왔다. 강토는 그 이름을 기억 갈피에 잘 저장해 두었다.

다음의 비리는 주로 공천 장사였다. 지역구 의원과 지자체장 후보자들이었다. 하드웨어 없는 컴퓨터 본체가 들어오고 책이 없는 책 상자가 들어왔으며 전복이 없는 아이스박스가 들어왔다. 그 안에 공통으로 든 건 '헌 돈' 뭉치들이었다.

'이놈부터 뭉개 버려?'

매직 뉴런은 전두엽과 후두엽 사이에서 멈췄다. 앞으로 가서 극한으로 치달으면 치매를 만들 수 있고 뒤로 가면 눈 뜬 장님 탄생도 가능했다. 하지만 강토, 매직 뉴런을 몰아쳐 대뇌피질로 들어섰다. 궁금한 건 당연히 장철환이었다. 그는 장철환과 어떤 사이일까?

'장철환!'

명령어를 접수한 매직 뉴런들이 기억을 탐색하기 시작했다. 오래지 않아 여기저기서 기억이 딸려 나왔다. 표면적으로는 좋은 관계였다. 내기 골프도 치고 털털하게 막걸리도 마시고, 국정에 대한 사담도 많이 나누었다.

그러나 본질은.

—잠재적 경쟁자.

—때가 되면 제거해야 하지만 아직은 이용가치가 많은 인물.

석귀동의 생각은 장철환과 닮아 있었다. 서로가 서로를 이용하는 것이다.

"어떤가?"

석귀동이 물었다.

"뇌파가 강한 분이시군요. 제가 밀릴 정도입니다. 그래서…

최근 일 한두 가지 정도… 버릇없는 기자와 논쟁하셔서 기분이 상하셨고… 이쪽 구청장과의 이견으로 역시 기분이… 그 이상은……."

"오!"

석귀동의 손에서 박수가 나왔다. 가볍게 던져준 떡밥. 마음에 쏙 든 모양이었다.

'이이제이(以夷制夷)!'

강토는 그 단어를 곱씹었다. 어쩌면 석귀동의 비리, 강토에게 안전장치일 수 있었다. 척 봐도 당권 경쟁이나 대권 경쟁을 위한 포석. 말하자면 강토 앞의 석귀동이 다른 권력자로 바뀔 수도 있다는 말…….

그렇게 보면 강토는 참 매력적인 의뢰처였다. 검찰도 아니고 경찰도 아니다. 법적 구속력을 가지지 않으면서 비밀리에 상대의 비리를 포착해 낸다면? 상대의 패를 보려는 사람들에게는 최상의 의뢰처가 따로 없었다.

짜릿짜릿!

혈관 안에서 전류가 들끓었다. 간과 허파가 동시에 쫄깃해지는 느낌이었다.

'나쁘지 않지.'

강토가 몰래 웃었다. 그렇잖아도 썩은 정치인들에게 혐오감을 느끼던 차. 파워 있는 호랑이에게 호랑이 사냥 안내를 받는 격이었다. 밥상을 차려준단다. 숟가락도 올려준단다.

"용역비는 2억을 준비하겠네."

2억!

두당 1억. 얼쑤, 돈까지 생기는 일이었다.

"한 장은 착수비로, 나머지 한 장은 결과 나오면."

석귀동의 배팅은 치밀했다. 이런 일에 익숙한 눈치다.

"저 차가 이 실장 차지?"

석귀동의 손이 먼 차를 가리켰다. 덕규와 문수가 기다리는 차였다.

"예."

"여기 배가 싱싱하길래 한 박스 시켰네. 먹어보고 후기 하나 주시게."

"어떤 후기를 원하시나요?"

"다른 친구들의 정치 셈법이 궁금해서 말이야."

'정치 셈법……'

"가급적이면 혼자 드시고……"

후기의 뜻은 보고하라는 것, 정치 셈법은 상대의 의도. 혼자 먹으라는 건 보안. 허투르게 말하는 것 같지만 그 역시 계산된 어법이었다.

"내 측근 번호일세."

메모지를 내민 석귀동이 일어섰다. 강토는 가만히 목례로 그를 보냈다. 차를 바라보니 오토바이가 다가서고 있었다. 배달원은 배 상자를 내려주었다. 강토는 차를 향해 걸었다. 배상자는 뒷좌석에 있었다. 강토가 들어가 상자를 열었다. 배였다. 달랑 두 개만 배였다. 그 아래에는 현금이 1억 들어 있었다. 배를 건드리자 반으로 갈라지며 허연 배를 드러냈다. 거기 새겨진 이름이 보였다.

한순길.

또 하나는 아는 이름이 나왔다.

〈은재구〉

강토의 시선이 그 이름에서 멈췄다.

장철환과 석귀동, 그리고 은재구!

세 사람의 역학 관계, 진심으로 궁금했다.

『시크릿 메즈』 4권에 계속…

미러클 테이머

인기영 장편소설

FUSION FANTASTIC STORY

MIRACLE TAMER

이계로 떨어져 최강, 최고의 테이머가 되었다.
그러나… 남은 것은 지독한 배신뿐.

배신의 끝에서 루아진은 고향, 지구로 되돌아오게 되는데…….
몬스터가 출몰하기 시작한 지구!
그리고 몬스터를 길들일 수 있는 테이머 루아진!
그 둘의 조합은……?

『미러클 테이머』

바야흐로 시작되는
테이머 루아진과 몬스터들의 알콩달콩한
대파괴의 서사시!!

Story Publishing CHUNGEORAM

이모탈 퓨전 판타지 소설
FUSION FANTASTIC STORY

용병들의 대지

Road of Mercenaries

이 세계엔 3개의 성역이 존재한다.
기사들의 성역, 에퀘스.
마법사들의 성역, 바벨의 탑.
그리고… 그들의 끊임없는 견제 속에 탄생하지 못한

『용병들의 대지』

전쟁터의 가장 밑을 뒹굴던 하급 용병 아론은
이차원의 자신을 살해하고 최강을 노릴 힘을 가지게 된다.

그의 앞으로 찾아온 새로운 인생!
아론은 전설로만 전해지던
용병들의 대지를 실현시킬 수 있을 것인가!

Book Publishing CHUNGEORAM

유행이아닌 자유추구
WWW. chungeoram.com

FUSION FANTASTIC STORY

텀블러 장편소설

현대 천마록

천하를 호령하고 전 무림을 통합한
일월신교의 교주 천하랑.
사람들은 그를 천마, 혹은 혈마대제라고 불렀다.

『현대 천마록』

무공의 끝은 불로불사가 되는 것이라 생각했지만
그로서도 자연의 섭리 앞에선 어쩔 수 없었다!

'그렇게 많은 피를 흘렸음에도 불구하고
죽을 때가 되니 남는 것이 없군그래.'

거듭된 고련 끝에 천하랑의 영혼이
존재하지 않게 된 그 순간
그의 영혼은 현세에서 천마로서 눈을 뜬다!

Book Publishing CHUNGEORAM

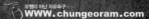

유행이 아닌 자유추구 -
WWW.chungeoram.com